新潮文庫

火のないところに煙は

芦沢　央著

新潮社版

11462

目次

火のないところに煙は

第一話 染《し》み

「小説新潮」二〇一六年八月号掲載

「小説新潮」から短篇小説の依頼を受けたのは、二〇一六年五月二十六日、『許されようとは思いません』という本の再校ゲラを戻し終えたまさにその日だった。

　ゲラから手が離れたところを見計らったタイミングに、さすがだなと感嘆しつつも、残念ながら今回は断るべきかもしれないと考えた。スケジュールが詰まっていたこともあるが、特集テーマが「怪談」とあったからだ。

　私は怪談やホラー小説を読むのが大好きではあるものの、自分で書いたことはない。読者を怖がらせるのはとても難しく、技術がいることだと感じていたし――何より咄《とっ》嗟《さ》に頭に浮かんだある体験を怪談として書いてしまうことに抵抗を覚えたのだ。

　気づけば私は、今はほとんど本置き場と化している洋室を振り向いていた。

　その奥のクローゼット――なぜか仕切りが細かく作りつけられてしまっているために洋服は収納しづらい――にしまい込んだままの一枚のポスター。それはある広告代理店の社用封筒に折り畳んで入れてあり、封筒の口は仰々しい御札で封じられている。

　引っ越しや大掃除のたびに処分を検討しながら、毎回とりあえず保留してきてしまったのは、完全に自分の目の届かない場所へ遠ざけてしまおうとすることに後ろめたさを感じていたからだ。手放そうとするたびに、忘れるつもりなのか、と手が止まった。全部なかったことにして、そのまま何食わぬ顔で生きていくつもりなのか——

私はうつむきながら首を前に戻した。マウスをつかんだままの手が視界に入る。ホイールをほんの少し動かすと、パソコンの画面が大きくスクロールした。〈怪談特集企画書〉という添付ファイルが現れ、内臓が微《かす》かに縮こまる。やっぱり無理だ、とほとんど反射的に思った。

私には、この話を冷静に物語の形にして綴《つづ》ることなどできない。

企画書を開いたのは、辞退する理由を探すためだった。スケジュール的に厳しいというのが一番角が立たないだろうかと考えながらワードが立ち上がるのを待ち、そこで私は動きを止めた。

〈今年は新潮社の位置する神楽坂《かぐらざか》を舞台にした作品を集めた「神楽坂怪談」特集を予定しております〉

マウスをつかんだ指先が強張《こわば》った。口の中が急速に渇いていく。

脳裏に浮かんでいた出来事というのは、まさに神楽坂で起こったことだった。

偶然だ、と思おうとする。企画書にもある通り、神楽坂は新潮社がある土地なのだし、風情《ふぜい》のある小道が多いから怪談の舞台としてふさわしいのだろうと考えようとする。けれど考えるそばから、そもそもどうして私に話が来たのだろう、という思いも浮かんできてしまう。私はこれまで怪談を書いたことはないし、書きたいと口にしたこともない。なのに、なぜ、私にこんな依頼が来たのか。

忘れようだなんて許さない、と言われているような気がした。

ずっと、心のどこかで引きずり続けていながら、それでもきちんと向き合わずにきてしまった出来事。なぜ、あんなことになってしまったのかわからないままだというのに、原因を追及しようとせずにいたのは——あのとき私がああしていれば、と後悔することになるのが怖かったからだ。だから、あのことについて整理して考えることも、人に語ることもしてこなかった。

私は、宙を見つめたまま席を立った。洋室へ向かい、そっとクローゼットの扉を開ける。

書類が詰め込まれた箱の奥から封筒を取り出すと、封を開けるまでもなくまぶたの裏に浮かんだのは、小さな染みだった。

＊

私が、大学時代の友人である瀬戸早樹子《せとさきこ》に紹介されて角田尚子《つのだなおこ》さんに初めて会ったのは、今から八年前のことだ。

新卒三年目だった私は実用書や雑学本、ビジネス書の編集者として中野にある出版社で働いていた。

当時は今ほどＳＮＳが盛んではなかったが、私は、少しでも多くの人に関心を持ってもらえるようにという願いを込めて、毎月ＳＮＳで自分の担当した本の宣伝をしていた。

すると、ある日、ＳＮＳ上でも繋《つな》がっていた早樹子から連絡が来たのだ。

〈久しぶり。また面白そうな本を担当しているんだね。ところで、この榊桔平《さかききっぺい》って人、いいお祓《はら》いの人とか知っていたりする？〉

そのとき宣伝していた本は、オカルト話や都市伝説をまとめた雑学本だった。著者の榊さんは普段、オカルト雑誌や怪奇現象を扱ったムックなどに寄稿しているオカルトライターだ。

〈榊さん？　どうだろう。たぶん詳しいとは思うけど〉

私は深く考えないままに返信してから、〈っていうか、お祓いって、どういうこと？　何かあったの？〉とさらに打ち込んで続けて送信した。数分も経《た》たないうちに、早樹子から返信が来る。

〈実はちょっと友達が困っていて……相談に乗ってもらえないかな？〉

まずは榊さんに連絡を取ってみようとしたものの、メールの返信はなく、電話も繋がらなかった。携帯やパソコンを持たずに遠方の取材に行ってしまったりする人なので珍しいことではないが、いつ連絡が取れるようになるのかは見当もつかない。早樹子にその旨《むね》を伝えると、それならとりあえず先に話だけでも聞いてもらえないかということで、早樹子、角田さん、私の三人で会うことになった。

ちょうど全員が東西線の沿線で働いていたので、互いの勤務先の間を取って飯田橋《いいだばし》で会うことになった。どうせなら神楽坂の方がお店が選べていいのではないかと提案したのだが、早樹子ができれば神楽坂の方には近づきたくないからと言って、飯田橋東口にあるチェーンの居酒屋を指定してきたのだ。どうして近づきたくないのかと尋ねると、それが本題なのだと言う。私もそれ以上は尋ねるのをやめ、店選びは早樹子に任せることにした。

当日、店員に案内されて個室へ入ると、早樹子の隣には質のいいジャケット姿のすらりとした女性が座っていた。角田さんだろうか、と思うのと同時に、彼女はすばやく立ち上がって慣れた仕草で名刺を取り出す。

「お忙しいところすみません。私、角田と申します」

同い年とは思えないほど、しっかりした人だった。渡された名刺には広告代理店の名前があり、私の名刺にある会社名を見た途端に「今朝の日経と読売に新聞広告を打っていらっしゃいましたよね」と口にする。

「え、もしかしてご担当なんですか?」

「いえ、直接の担当ではないんですが、ちょうど今朝拝見していたので」

そう言って如才なく微笑《ほほえ》み、早樹子が「二人とも、そんなにかしこまらなくていいよー」と語尾を伸ばして言うと、ほんの少し照れくさそうに表情を崩した。

早樹子は角田さんと私を交互に示しながら、「こっちは高校の同級生、こっちは大学の同級生」と紹介する。角田さんと私は「こっちって」と揃《そろ》って苦笑し、そのまま顔を見合わせてもう一度笑った。私は、この人とは気が合うなと直感する。突っ込みの強さやテンポが似ている。

私たちは本題に入る前に乾杯をし、しばらく雑談をした。共通の友人である早樹子とのエピソードや、仕事でどのくらい残業があるかといったことなどだ。お互い集まりやすい場所にいるのだから、これからも仕事帰りに飲んだりしようと盛り上がったりもし、私は何度か、そもそもどうして角田さんを紹介されたのだったか忘れかけた。普通に友達と飲みに来たようなノリで恋愛話に話題が移り、早樹子がいつものように大学時代から交際している恋人についての愚痴を披露する。そして、その流れで、角田さんは「今日の相談の話とも繋がるんだけど」と声のトーンを落として話し始めた。

「私、ちょっと前まで結婚しようと思っていた人がいたんです」

結婚、という単語に反射的にはしゃいだ声を上げそうになったが、私はかろうじて思いとどまる。彼女の言い方が過去形だったたし、何より表情が楽しい話ではないと告げていたからだ。

私は二人に断りを入れてから、メモ帳とボールペンを手に取った。

「合コンで知り合った二歳上の銀行員だったんですけど、優しくて気も合って」

角田さんは、そこで一度言葉を止めてため息をつく。

「つき合い始めて半年くらいの頃、結婚したいねって話が出たんです。今考えれば早かった気もするんですけど」

「あ、でもわかる。むしろつき合い始めて半年くらいの方が結婚話とかも盛り上がるよね」

早樹子が言い、「これ、私が言うと説得力が違うでしょ」と自虐的《じぎゃく》に笑った。実際、早樹子の場合は「長すぎる春」という表現がぴったりで、同棲《どうせい》を始めて五年になる恋人との間で結婚話が進まないという愚痴をつい先ほど口にしたばかりだったのだ。早樹子のおどけた仕草に、角田さんも頰を緩めた。

「それで、早樹ちゃんにすごく当たるっていう占い師を教えてもらって」

「へえ、何て人？」

私は思わず身を乗り出す。それはほとんど職業病だった。当時はスピリチュアル本が全盛でたくさんの占い師が本を出していたので、よく当たる占い師ともなれば名前を聞いたことがある人かと思ったのだ。

だが、早樹子の答えは要領を得ないものだった。

「名前はわからないの。ただ、神楽坂の母って呼ばれている人で……見た目はどこにでもいそうな普通のおばさんで、着ている服も怪しげなローブとかじゃなくて小花柄のチュニックで、髪型もよくおばさんがやってるパーマっていうか……ソバージュっていうのかな？　そういう感じなんだけど、全然笑わなくて妙に目つきが鋭くて、何かオーラがすごいっていうか。ほら、神楽坂にロイヤルホストとか松屋とかがある四ツ辻《つじ》みたいになっているところがあるでしょ。あの奥にあるマンションの四階でこぢんまりとやってるんだけど、看板は出してなくて、ホームページがあるわけでもなくて」

「じゃあ、早樹子はどこで知ったの？」

「私も友達から教えてもらったの。政治家とか芸能人とかもこっそり通ってるっていう話で」

「知る人ぞ知るってやつだ」

私は声を弾ませた。もし、まだ本を出したことがない人であれば、自分が最初の本の執筆を依頼することもできる。

「その人、今もそこで占い師やってるの？」

「ううん、もうそこは閉めちゃったみたい」

早樹子の答えに、私は落胆した。インターネットで調べれば何か情報が得られるかもしれないけれど、仕事の依頼をするハードルは格段に上がる。私は、とにかく帰ったら調べてみよう、と思いながら、「早樹子も何か占ってもらったの？」と何気なく訊《き》いた。

知りたいと思ったというよりも、何となく話の接穂《つぎほ》として尋ねただけだったが、早樹子は一瞬視線を泳がせた。「うん、まあ」という歯切れの悪い答えに、この場ではあまり話したくないことなのかもしれない、と気づく。もしかしたら、「長すぎる春」の彼のことかもしれない、と思ったので、私もそれ以上は追及しなかった。

「ごめんね、話の腰を折っちゃって。それで？　角田さんはその占い師のところに行ったんですか？」

角田さんに向き直ると、角田さんは「あ、はい」と少し慌《あわ》てたように居住まいを正す。

「そうなんです。その結婚を考えていた彼と一緒に、二人の将来を占ってもらいに行って」

そこで憂鬱《ゆううつ》そうに目を伏せた。

「そうしたら、『不幸になる』って断言されたんです。『結婚なんてしない方がいい』って……私、びっくりしちゃって。すぐには何も言えませんでした。実は本格的な占いをしてもらうのはそれが初めてだったんですけど、何となく占いってこっちが望んでいる言葉を口にしてくれるものだと思っていたから」

「わかります」

私は短くうなずく。私自身は仕事以外で占い師に会ったことがあるわけでもなかったが、以前、ある占い師の方から「コールド・リーディング」というテクニックについて教えてもらったことがあったのだ。

「コールド」とは「準備なしに」という意味で、「リーディング」とは、「読むこと」――この場合は、「相手の情報を読み取る」ことを意味する。つまり、事前情報なしに相手と会話をし、その外観や言葉尻《じり》などから相手の情報や気持ちを読み取って言い当てる話術のことだ。言い当てられた方は「どうしてそんなに私のことがわかるんだろう」と驚き、その人が超常的な力を持っているものと信じてしまうのだという。

そうして相手の情報を言い当てながら、「相手が言ってほしい言葉」を口にすれば、顧客は喜んでお金を払い、「よく当たる占い師だ」と考えてくれるのだとその占い師は言っていた。人が占いの結果を聞きたいと思うのは大抵何かの迷いを抱いているときであり、その人が望んでいる答えを読み取って「それが正解だ」と口にしてあげるだけでいいのだと。

もちろん、すべての占い師がそうした手法を取っているわけではないだろう。だが、突然思いもしなかった答えを突きつけられた角田さんの驚きは想像できなくもない。

「でも、それが占いの結果ならば仕方ないじゃないですか。嫌な気持ちになったし、こんなことなら聞かなきゃよかったとも思ったけど、聞いたのは自分たちです。だからとりあえずお礼を言ってお金を払って帰ろうとしたんですけど……彼が、怒り出しちゃったんです。ふざけるな、デタラメ言いやがってって大声で怒鳴って……そんなふうに声を荒らげるところなんて見たことがなかったから、すごくショックでした。占いの結果よりもよっぽどショックで……この人と結婚して大丈夫かなって不安になってきちゃったんです」

角田さんはどこか疲れた顔でそこまで言ってから、ビールを勢いよくあおった。身体《からだ》の中に溜《た》まった何かを吐き出そうとするように息を吐き、テーブルにジョッキを置く。

「結局、彼はそのまま私の腕を引いてお金も払わずに出てきちゃって、その後も一日中その占い師の悪口を言っていました。それを聞いていたら、段々うんざりしてきちゃって。それまでは結婚するならこの人しかいないって思っていたのに、急に気持ちまで冷めてきちゃったというか」

角田さんは過去の記憶を消そうとでもするかのように、ジョッキの口を親指の腹で何度も拭《ぬぐ》った。

「それで、半分冗談、半分本気で『別れようか』って切り出したんです。『あの占い師も、あんなふうに言ってたし』って言えば、彼のプライドを必要以上に傷つけることもないかもしれない気がして……でも逆効果でした。彼は『あんなババアの言うこと信じるのかよ』ってますます怒って、私をすごい目で睨《にら》みつけて、『別れるなら死んでやるからな』って言い出して」

私は、唾《つば》を飲み込む。どうリアクションすればいいのかわからなかった。もし、元彼のエピソードとして笑い話のように聞かされていたら、一緒に笑って「うわー、あり得ない」と言っていただろう。だが、私は「お祓いをしたい」というそもそもの話に引っかかっていた。「お祓い」という単語、そして「死んでやる」という言葉。まさか、と思いながらも上手《うま》く相槌《あいづち》を打つことができない。

「次に会ったとき、手首に巻いた包帯を見せられました。『今回は失敗したけど、おまえがまた別れるとか言うなら今度は本当に死ぬよ』って……それまでは、まだ彼のことが好きな気持ちもあったんですけど、それで完全に気持ちが冷めました。それからは、もうどうやって穏便に別れるかしか考えられなくて」

角田さんが、そこでふいに声を震わせる。泣き出してしまうのか、と思ったが、泣くことはせずに唇を嚙《か》んだ。

つらかっただろう、と思う。一時は結婚を考えるほど好きだった人なのに――いや、だからこそ、ダメージは大きかったはずだ。別れるなら死ぬ、というのは脅し以外の何物でもない。彼は、彼女の意志を無視して、ただ自分の気持ちを押し通そうとした。それで、信頼関係が損なわれないわけがない。

「どうすればいいのかわかりませんでした。別れたいけれど、別れたら死なれてしまうかもしれない。彼がどこまで本気で言っているのかわからなくて……どうせポーズで言っているだけで本気で死ぬ気なんてないんだって思ったり、でも何かの弾みで本当に死んでしまったらどうしようって思ったり……結局、別れ話は撤回するしかありませんでした」

あのとき、私はどうするべきだったんでしょう、と続けられ、答えることができなかった。一度別れ話を切り出したなら、どんなにつらくても撤回などせずに押し通すべきだ、というのは、ただの正論にすぎない。

「それからは、会うたびに気まずい空気になりました。夜中に電話がかかってきて、『今すぐ会いたい。会ってくれなきゃ死ぬ』って言われるんです。彼は車を持っていたけれど、不安定になるのは大抵お酒を飲んだときだから私の方が呼びつけられて……私は車どころか免許も持っていないから、いつもタクシーで彼の家に行くしかありませんでした。内心うんざりしながら、一応それは隠して会うんですけど、会ったら会ったで『本当は会いたくなかったんだろ。もう俺のことが嫌いになったんだろ』

って言われて……『そんなことないよ』って言ってても納得してくれなくて、延々と『本当のことを言え』って言うから、『正直、明日も仕事で朝が早いから夜中に呼びつけられるのは困る』って答えたら、『おまえは俺より仕事の方が大事なんだな』って泣かれて……」

「ああ、もうそれほんと無理」

早樹子が頭を掻《か》きむしった。

「やっぱり何度聞いてもやばいよ、その話。尚子はよく頑張ったよ。私だったら絶対もっと早く投げ出してたと思う」

「でも、もっと早く投げ出してた方がよかったのかもしれないよね」

角田さんは、悲しげな目を早樹子に向ける。

「結局こんなことになってしまうなら、最初にきっぱり突き放していた方がよかったのかもしれない。私が思いきれなくて会い続けちゃったから……」

角田さんはそれ以上は続けなかったが、私はもうその先の結果がわかっていた。おそらく、彼は死んでしまったのだろう。だからこそ、この話は過去の笑い話などではなく、「お祓い」という話に繋がってくるのだ。

「ある日、夜の十二時までに来てくれなきゃ死ぬって言われたんです」

角田さんは言いよどみながら続けた。

「だけど、その日はどうしても行く気になれませんでした。こんな生活がいつまで続くんだろう、彼はどうしたいんだろうって考えたら、何だかもう本当に嫌になってしまって……翌朝に大事なプレゼンがあったというのもあるんですけど、それ以上に先が見えないことに疲れ果ててしまったんです」

「彼は、仕事は？」

私は、声をしぼり出すようにして尋ねる。角田さんは力なくまつ毛を伏せた。

「最後の方は、かなり休みがちだったみたいです」

最後、という言葉に、私はボールペンを握った手に力を込める。みぞおちを強く押されるような圧迫感を覚えた。

「彼からのメールには返信せず、そのまま携帯の電源を切りました。とにかく何かが変わってほしかった。このままの関係を続けることには耐えられなくて……これでもう、今日は眠れる、と思いました。少なくとも、今日はあの人の家には行かなくて済む。朝まで延々と責められなくていい。ゆっくり自分の部屋で眠って、明日のプレゼンに備えられる……そう思いながら、結局一睡もできなくて、それでも携帯の電源を入れる気にはなれませんでした。そのまま会社に行ってプレゼンを無事に終えて……

携帯の電源を入れたのはお昼休みでした。何十件も着信が入っていることを予想して恐る恐る通知を確認したんですけど、予想外に彼からの連絡はなくて……なんだ、こんなことならもっと早く無視しておけばよかったんだって拍子抜けして、でもやっぱりすごく安心して」

そこで角田さんは言葉を止め、喉《のど》を上下させてから続けた。

「その日の夜、彼の実家から彼が死んだっていう連絡が入ったんです」

目撃者の話によると、角田さんの彼は車で神楽坂を上る途中、突然何もないところでハンドルを切って神楽坂仲通りの電柱に突っ込んで亡《な》くなったのだという。彼はこの日お酒を飲んでいなかったため、飲酒運転による事故ではなかった。警察が出した結論も、自殺だろうというものだったそうだ。

「すごく落ち込んだし、自分を責めました」

角田さんは、つぶやくような声音で言った。

「私があの日、ちゃんと彼の家に行っていればって……だけど、一番申し訳なかったのは、どこかで仕方なかったという思いもあったことなんです。あんな関係が一生続けられたわけがないんだからって、そう思って納得してしまおうとする自分に罪悪感がありました」

「でも、本当に仕方ないことだったと思いますよ」

私は思わず言葉を挟む。本心だった。たとえその日ではなかったとしても、彼女はいつか、彼の要望に応《こた》えられなくなっていただろう。そして、それは彼女が悪いわけではない。

「さっき早樹子も言っていたけど、角田さんはよく頑張ったと私も思います。つらいでしょうし、すぐに気持ちの折り合いをつけるのは無理かもしれませんけど、」

「違うの」

私の言葉を遮ったのは早樹子だった。

「話はまだ終わってないんだよ。ね？　尚子」

角田さんはぎこちなくうなずき、唇を小さく開く。

「私、仕事で交通広告を担当しているんですけど」

「交通広告？」

「電車の中吊《なかづ》りポスターとかです。ああいうのの枠をクライアントに売って、その手配をするっていう」

何の話が始まるのかわからずとにかく相槌を打つと、角田さんは交通広告のシステムについて説明を始めた。

まず、広告代理店としては「この路線のこの場所にこのくらいの期間掲示するならいくら」という形で広告枠を販売しており、クライアントはそれを買うという構図になっている。中吊りポスターやステッカー、ドア横ポスターや車体広告など、多様な媒体があり、期間も二日間や一週間、ひと月など様々だ。

東京メトロの場合、それらの広告物は一度すべて神楽坂にある集積所に集められることになっており、そこから作業員たちがそれぞれの線の始発駅まで持っていって、一斉に貼《は》り替えていくのだという。

大抵の場合、広告代理店は広告物の制作にも関わっており、クライアントの意向を汲《く》み取りながら広告物をデザインする。完成したデザインデータを印刷所に入稿するまでが直接の仕事で、その後、刷り終わった広告物が無事に集積所に納品されて期日通りに掲出されたかについては、確認こそするものの、各々《おのおの》の段階に立ち会いはしない。

けれどある日、ドア横ポスターを契約したクライアントから、ポスターに汚れがついているというクレームが入り、集積所に行かなくてはならなくなったのだという。

「ポスターの上で赤黒いインクをつけた筆を振ったみたいな小さな染みが、点々と飛んでいたんです」

一見、そうしたデザインだと思えなくもなかったが、一枚一枚見比べると染みのつき方が違う。企業名の上にかかってしまっているものもあり、クライアントが怒るのも当然だった。

剝《む》き出しで垂れ下がるタイプの中吊りポスターなら掲示後に汚されてしまった可能性もあるが、ドア横ポスターは額の中に入れるため最初から汚れていたとしか考えられない。

角田さんは低頭平身してクライアントに謝り、大急ぎで現物を確認して印刷所でポスターを刷り直してもらった。そのままその場で中身を確認して自ら集積所に運び込んだという。

「原因はわからなかったんですが、対応が速かったということでクライアントもそこで怒りを収めてくれました」

印刷所のミスかもしれないということで、刷り直しの費用も印刷所持ちで対応してもらえたそうだ。

だが、その後も同様のことが続いた。

「それも、私が担当しているクライアントのものにだけ続くんです。印刷所を変えたり、納品物を集積所に運ぶ前に確認させてもらったりもしたんですけど……なぜか貼り出した後になって汚れが発見されることが続いて」

「その汚れって……」

角田さんは鞄《かばん》から一枚のポスターを取り出した。清涼飲料水の広告だ。若手女優が顎《あご》を反らせてペットボトルをあおっている。

私は、女優の頬にほくろのように散った染みを見つめた。たしかに一つ一つは大きなものではないが、無視してこのまま使えるほどさり気ないものでもない。

「何か、嫌な感じでしょう?」

早樹子が角田さんの話を継ぐ形で続けた。

「こないだ高校の同窓会があって、私もそこで尚子からこの話を聞いたんだけど、ちょっと気持ち悪いよねって話になって……しかも、ある子が嫌なことを言い出したの」

「嫌なこと?」

「『それ、八百屋《やおや》お七なんじゃないの』って」

八百屋お七とは、江戸時代に実在した八百屋の娘で、井原西鶴《いはらさいかく》の『好色五人女』に取り上げられたことから広く知られるようになった話である。

天和《てんな》の大火で焼け出されたお七は親と共に正仙院に避難した。寺での避難生活の中で、お七は寺小姓の庄之介《しょうのすけ》という男と恋仲になる。やがて店が建て直されるとお七一家は寺を引き払うことになったが、お七は庄之介を忘れることができなかった。そしてお七はもう一度庄之介に会いたい一心で自宅に放火をする。再び自宅が燃えれば、また庄之介がいる寺で暮らすことができると考えたのだ。

異常な動機だが、だからこそお話としては面白い。ホワイダニット——動機が謎《なぞ》のミステリでも時折出てくるモチーフで、「八百屋お七」は「愛《いと》しい人に会いたいがために罪を犯す」ことの代名詞にもなっている。

「死んだ彼が、尚子に会いたい一心でポスターを汚して神楽坂に呼びつけているんじゃないかって言うの」

「言われてみれば、たしかに神楽坂には東京メトロの広告物がすべて集まる集積所がありますから、広告物に何かトラブルがあれば私は神楽坂に出向くことになります」

角田さんも、顔を強張らせて言った。

角田さんと早樹子は、それが死んだ彼が起こした怪異だと信じ込んでいるようだった。だが、私は手放しにその説を受け入れることはできなかった。なぜなら、まだ人為的なものである線が否定できないからだ。

生きた人間が、何らかの目的でポスターを汚したという可能性もある——いや、その方がよほど信憑性《しんぴょうせい》のある説に思えた。

そもそも、私は怪奇現象というものを無条件に信じてはいない。それは、私自身が幽霊や超能力を見たことがないというのもあるが、怪奇現象を紹介する本を読み始めるのとほとんど同時に、そうしたものに対して論理的な説明をつける本も読んできたからかもしれない。

誰もいないのに物が動いたり音がしたりするというポルターガイスト現象の正体が地盤沈下や水道管の故障だったとか、コックリさんで指が動くのは参加者の潜在意識や筋肉疲労によるものだとか、そうしたタネ明かしのような話を読むのには、ミステリの解決編を読むのと同種の面白さがあった。

もちろん、どうやっても説明がつかないこともこの世の中にはあるのだろうし、私が見たことがないからといって、幽霊や超能力が存在しないと言いきることはできない。だが、それでも私は、まずは超常的な説明ではなく論理的な説明を求めてしまうたちだった。

「なるほど、もちろんその彼の仕業だという可能性もあり得るとは思います」

私は、そう前置きをしてから、そろそろと主張する。

「ですがたとえば、その集積所の人や作業員がやったというような可能性はありませんか」

「ないと思います」

角田さんは、即座に断言した。私は気おされつつも、さらに口を開く。

「別に角田さんに恨みがあるとか、嫌がらせでやったんじゃないかと言いたいわけではないんです。何かまったく別の動機があるかもしれませんし……」

「いえ、そうではなく」

角田さんは私の言葉を遮った。それ以上は続けずに鞄に向き直り、小さなルーペを取り出す。一見するとカメラのレンズにも見えるようなそれがルーペだとわかったのは、私自身が日常的に使っているものだったからだ。本のカバーやポスターなどのカラー印刷では、赤、青、黄色、黒の四色の点が網目のように重なることで様々な色を表現している。ルーペはその点が潰《つぶ》れたりずれたりしていないかをチェックするための道具だ。

私は彼女に促されるままルーペを覗《のぞ》き、次の瞬間、息を呑《の》んだ。

黒と赤を混ぜたようなインクの染みに見えた汚れには——無数の文字が書かれてい

たのだ。

あやまれ。あやまれ——

全身の肌が一斉に粟立《あわだ》つ。

人の仕業であるわけがない、と私も認めざるを得なかった。文字は印刷ではなく手書きのようで、しかも、人が書ける大きさの文字ではない。

「彼は、あの日、彼からのメールを無視した私を恨んでいるんだと思います」

角田さんは、呆然《ぼうぜん》と動けないでいる私からルーペを引き取って言った。

「でも、謝れと言われても彼はもういません。お墓には謝りに行ったんですけど……それでも、同じことが起こるんです」

あやまれ、謝れ——俺を無視したことを謝れ。

もし、本当に彼の仕業なのだとしたら。

背筋を、冷たい汗が滑り落ちる。

――どこにどう謝れば、彼は満足するのだろうか。

角田さんは鞄に手を伸ばす。思わずつられて視線を向けると、引き出されたのは榊さんの本だった。

「だから、この本の著者の榊さんという方に頼んでもらいたいんです。誰か、いいお祓いの人がいたら紹介してほしいって」

私はもう、彼女の言葉を否定することができなかった。

その場でも榊さんに改めて電話をしたのだが、彼と連絡が取れたのはその三日後のことだった。

案の定、携帯を忘れて取材に出てしまっていたのだという。不審死が続くという旅館が期待外れだったことを勢いよく語り始めたところを制して用件を告げると、榊さんは『もってるねえ』と声を弾ませた。

『こういう面白い話が転がり込んでくるかどうかって、運なんだよ。しゃかりきになって集めても集まらない人には集まらないし、集まる人には集まる。お手柄じゃないですか』

嬉々《きき》とした口調に、角田さんは困っているのだから喜んでいる場合じゃないですよと言いたくなったが、どこかで気持ちが少し軽くなったのも事実だった。榊さんが面白がっているのであれば、それほど怯《おび》えることもないのかもしれないと思えたのだ。

私は早速、角田さんから預かったポスターを手に榊さんの事務所を訪れた。

「ほほう、これはこれは」

榊さんは、絵画を鑑定する画廊主のように長閑《のどか》な声を上げる。

「すごいね、これ。久々の当たりかもよ」

現物を見てもまったくたじろがない榊さんに、私は頼もしさを感じた。彼に任せれば、何とかなるかもしれない。

「それで、もしいいお祓いの人をご存じでしたらご紹介いただけないかと思って」

「まあ、こういう商売だからね、それなりに何人かアテはあるけど」

榊さんはあっさりとうなずき、紙や本が山積みになった机の上から名刺ホルダーを探し当てた。ちらりと目を向けると、名刺は飛び飛びに差し込まれているだけであとは名前や電話番号、住所が書かれた付箋《ふせん》が貼られている。

「何にしても、まずは概要を教えてよ」

榊さんはページをめくりながら言った。

「内容によっては頼む人も変わってくるし」

「そういうものなんですか？」

「人によって得意分野とかあるからね」

「得意分野……」

私には想像もつかない世界だ。

私は三日の間にまとめておいたメモを開くと、順番に経緯を話していった。ひと通りの説明を終えて顔を上げ、そこでようやく榊さんの眉間《みけん》に皺《しわ》が寄っていることに気づく。

「……榊さん？　どうしたんですか？」

いや、と榊さんは名刺ホルダーを見つめたまま口を開いた。だが続きを待っても、そのまま何も言わない。

「どこか気になるところがありました？」

それでも答えず、数秒して唐突に名刺ホルダーを閉じた。

榊さんが、顔を上げる。

「これから話すことは、あくまでも単なる思いつきです。当たっている保証などどこにもありません」

急にかしこまった口調になって言った。

「……何か、わかったんですか？」

榊さんが、私を見た。目が合ってから、私はそれが珍しいことであるのに気づく。

「まず気になったのは、その男が車で神楽坂を『上っていた』ということです」

榊さんは軽快な語り口に反して、人と目を合わせないタイプだった。

「神楽坂は、午前零時から正午までは坂を下る東方向に、正午から午前零時までは坂を上がる西方向にしか走れない。つまり、その男が車で神楽坂を上っていたんだとすれば、それは零時よりも前の話だったということになる」

言われてみれば、以前タクシーの運転手からそんな話を聞いたことがあった気がする。だが、私は車も運転免許も持っていないこともあり、あまり意識したことはなかった。

そう言えば、角田さんも運転免許を持っていないと言っていた。だから彼女も、気づかなかったのかもしれない。

「それって……」

榊さんは、小さく顎を引く。

「だとすれば、その男は角田さんが約束の時間までに来なかったから自殺した、というわけじゃなかったことになる」

私は、大きく目を見開いた。心の中に安堵《あんど》が広がりかけ、ふいに止まる。

——だが、だったらなぜ男は急にハンドルを切ったりしたのか。

「じゃあ、どうして男は死んだのか」

榊さんは、まるで私の気持ちを読んだかのようなタイミングで言葉を継いだ。

「次に気になったのは、その男が突っ込んだのが神楽坂仲通りの電柱——つまり、占い師のいる四ツ辻だったということです」

「占い師？」

私は、思わぬ言葉に目をしばたたかせた。

「それって、角田さんが恋人と一緒に行ったたっていう？」

榊さんはとても小さな動きでうなずく。

「もしかしたら、その人は俺が知っている人かもしれない」

「え？」

「神楽坂の母、見た目はどこにでもいそうな普通のおばさん、着ているのは小花柄のチュニック、髪型はソバージュ、全然笑わなくて妙に目つきが鋭い、神楽坂のマンションで占いをやっているが看板やホームページはない――俺も、噂《うわさ》に聞いたことがあるだけで、実際に会ったことはないんだが……もし、それが俺の知っている人のことだとしたら」

榊さんは唇を湿らせ、迷うように視線を動かしてから続けた。

「あの人は、ヤバい」

ヤバい、という拙《つたな》い語彙《ごい》が、逆に妙な実感を伝えてくる。

「ヤバいって……」

「その男は、あの人を怒らせたのかもしれない。それで、その日――その四ツ辻で何かがあった」

榊さんは、低くつぶやいた。

ぞっと、悪寒《おかん》が這い上がってくる。

もし、榊さんの言うことが本当だとしたら。

男の死は、自殺ですらなかったのかもしれない。男は殺されていた――その占い師に。

私はそこまで考え、ハッと息を呑む。

もしそうであれば、「あやまれ」の意味も変わってくるのではないか。

――あの占い師に謝れ。

早く、謝って、君だけでも助かってくれ。

神楽坂に呼びつけていたのが、それを促すためだったのだとしたら。

あれが、男の怒りではなく、祈りだったのだとしたら。

「まったくの見当違いの可能性ももちろんあります。でも、もしかしたら、お祓いよりもまずあの人に謝りに行った方がいいのかもしれない」

私は榊さんにお礼を言って立ち上がり、その場で角田さんに電話をかけた。まだ仕事中の時間ではあったが、伝えるのであれば早い方がいい。

だが、携帯にかけても繋がらず、会社にかけてもその日角田さんは休みを取っているということでつかまらなかった。私は榊さんの事務所を辞し、携帯で長いメールを打った。打ち終わった文面を読み返し、語尾や表現を少し直し、送信する前にもう一度だけ電話をしてみようと画面を切り替えたところで――携帯が鳴る。

それは、角田さんが前日の夜中、突然悲鳴を上げて車道へ走り出し、車にはねられて亡くなったという早樹子からの連絡だった。

早樹子に榊さんの言葉を伝えるかどうか迷ったものの、結局伝えないことにしたのは、あの占い師のことを角田さんに教えたのが早樹子だったからだ。元凶がそれだったかもしれないとなれば、責任を感じてしまいかねない。

一点気にかかっていたのは早樹子自身もあの占い師に会ったことがあるらしいということだったが、早樹子の場合は、例の「長すぎる春」の彼とこのまま付き合っていていいのかと尋ねて『このままで大丈夫だから絶対に別れたらいけない』と答えられたため、特に揉《も》めるようなこともなかったという。

恋愛成就《じょうじゅ》を祈禱《きとう》したという御札も買い、占い師からも『またいつでもいらっしゃい』と見送られたらしい。

それなら彼女は大丈夫だろう、という榊さんの言葉に、私はその場でしゃがみ込みそうなほど安堵した。なぜなら、榊さんに調べてもらったにもかかわらず、あの占い師が今どこにいるのかという情報はまったくつかめなかったからだ。謝ろうにも謝る方法がない状況で、もし早樹子も危険だということだけがわかってしまっていたらと思うとゾッとする。

その後も、早樹子から怪異に見舞われているという話をされることはなく、約二年が過ぎた。

その頃には私が郊外に引っ越していたこともあり、何となく仕事帰りに飲みに行く機会もなくなっていたが、それでも数カ月に一度くらいのペースでは会っており、彼女が仕事を辞めてイギリスへ留学することにしたという話も直接会って聞いていた。新生活への期待を口にし、彼とはこれを機に別れることにしたけれど、彼は彼で新しい趣味に没頭し始めたところだったからか拍子抜けなほどあっさり了承してくれたと苦笑する早樹子は、本当に憂《うれ》いなく見えた。

けれど、その半月後。

早樹子は日本を発《た》つほんの数日前に、交通事故で亡くなった。そして、彼女のお通夜《つや》で耳にしたのは、早樹子が突然何かを叫びながら車道へ飛び出したらしい、という話だった。

どうして、と思わずにはいられなかった。どうして、早樹子まで――

偶然にしては、共通点がありすぎる気がした。角田さんの元恋人も、角田さんも、早樹子も、みんな交通事故で亡くなっているということ、事故の直前、急にハンドルを切ったり叫んだりしていたらしいということ。

だが、少なくとも早樹子はあの占い師を怒らせてはいなかったはずだ。

あの占い師を怒らせてしまったせいだという仮説が間違っていたのだろうか。しかし、もしそうだったとしたら、本当の原因とは何だったのか。

それは、早樹子の死から六年経《た》った今もわかっていない。あの占い師が、今どこで何をやっているのかも、わからないままだ。

ただ、一つわかることは、私はあのとき判断を間違えたのだということだった。私は、早樹子に榊さんの言葉を伝えるべきだった。たとえ、それで早樹子が角田さんの死に責任を感じることになってしまったとしても、きちんとすべて話をして、その上で占い師とのやり取りについて改めて尋ねるべきだったのだ。

そうしていれば、本当の原因がわかっていたかもしれない。――早樹子は、死なずに済んだのかもしれない。

＊

私はここまで書いて、なぜ自分がずっとこのことと向き合わずにきたのかがわかった気がした。

私は、既にあの頃から、この可能性に気づいていたのだろう。だからこそ、考えた

ったのか。

早樹子は最期《さいご》の瞬間、何を見たのか。そのときに感じた恐怖は、どれほどのものだったのか。

考えれば考えるほどに、自分が保てなくなっていくことがわかっていた。知ろうとすれば、きっと、その途方のなさに飲み込まれてしまう。

それは、日頃「死」というものについて突き詰めて考えないようにしているのと似た感覚だった。考え始めると、まずい、とほとんど本能的に思う。これ以上進んだら、もう戻れなくなってしまうかもしれない。

知りたくない、という気持ちと、知らなければならない、という思いが、今も私の中でせめぎ合っている。

この機会を逃せば、おそらく私は再び考えまいとし始めるだろう。日々の忙しさにかまけて、見ないふり、気づかないふりをし続けるはずだ。

だからこそ、私はここで、この話を書くことにした。

これを読んだ方の中で、「同じような話を聞いたことがある」「この人物を知っている」など、何か思い当たることがあれば、「小説新潮」編集部宛《あて》にご一報いただけたら幸いである。

第二話　お祓《はら》いを頼む女

「小説新潮」二〇一七年二月号掲載

「染《し》み」が「小説新潮」に掲載された三カ月後、以前、榊さんと一緒に仕事をした際に知り合ったフリーライターの鍵和田《かぎわだ》君子《きみこ》さんから、『読んだわよ』という電話がかかってきた。

君子さんは私よりひと回り近く歳上《としうえ》なのだが、とても気さくで面倒見の良い方で、私が出版社を退職して小説家になってからも交流が続いていた。これまでも私が新刊を出すたびに感想を送ってくださっていて、何度か二人でお茶をしたこともある。今回のように単行本化されていない雑誌掲載の時点で感想をもらうのは初めてだったので少し驚いたが、何でも君子さんは、「染み」の一件があった当時、榊さんから例の占い師について何か知っていることはないかと尋ねられていたそうで、その後も何となく気にかけてくれていたらしい。

最近、別件で榊さんと連絡を取った際にその話題が出たため、わざわざ「小説新潮」のバックナンバーを取り寄せてまで読んでくださったのだそうだ。

『それで、これを発表した後に何か情報は寄せられたの？』

気遣わしげな声からは、本当に案じてくれていることが伝わってきた。だが、残念ながら今のところ反響と言えるような反響はない。いや、正確には感想はいくつかいただいたのだが、情報提供のようなものはなかったのだ。

『まあ、たしかに本じゃなくて文芸雑誌に載っているだけだと、読む人もかなり限られてくるわよね』

君子さんは小さくため息をついた。

他に何か情報を集める方法はないのかしら、とつぶやき、考え込むように黙る。数秒後、ふと思いついたように、『他にも書いたら？』と口にした。

「他にも？」

『ええ、他の怪談。怪談を集めた短篇集にすれば、今よりいろんな人の目に触れるんじゃない？』

私は目をしばたたかせる。

なるほど、たしかにそうだ。怪談と銘打って出せば、さらに多くの人に——しかも怪談が好きな人に読んでもらえる可能性が高くなるだろう。怪談好きであれば、何か似たような話を知っているかもしれない。

だが、そう考えた途端、私は自分の頭の中に何のアイデアもないことに気づいた。

本にできるくらいの量といっても、一体何を書けばいいのか。

『聞けばいいでしょう』

君子さんは、不思議そうな声音で言った。

『私でも榊さんでも、友達でも編集者でも。いろんな人に聞いて回ったら、一冊分の話くらい集まるんじゃないの？』

そこに責めるような色がないからこそ、耳の裏がカッと熱くなる。見透かされたような気がした。私が、まだ逃げようとしているのだと。

結局のところ、私は自分が「やるべきことをした」という満足感を得るためだけに「染み」を書いたのではないか。とにかく自分なりに行動を起こして情報を集めようとしたという形にしたかっただけで、本当に原因を解明しようなどとは思っていなかったのではないか――

そこまで考えたとき、君子さんが『自分によほど確信があるんじゃなければ、ちゃんと誰かに頼っておいた方がいいわよ』と声のトーンを一段落として言った。

『そうじゃないと、思いもよらないことが起こったときに、自分を信じたことを後悔することになるから』

後悔、という重い響きに、私は言葉を失う。

するど、君子さんは数秒して自嘲《じちょう》するように続けた。

『……なんて、私が後悔したことがあるからなんだけど』

「君子さんが?」

『ああ、そう言えば、あのことにも榊さんが関わっていたわ』

君子さんが、たった今気づいたことに自分でも驚いたような声を出した。

『今から十年近く前の話なんだけど——』

＊

残暑も落ち着き、肌寒さを覚えることが増えてきたある日のこと。

君子さんは、けたたましい電話の音で目を覚ました。まず見えたのはデスクトップパソコンのキーボードで、一瞬自分がどこにいるのかわからなくなって混乱する。

前の晩、急ぎの仕事が終わらなくて仕事場に泊まったのだったと思い出したのは、机の上に積み上げられた資料が視界に入ってからだった。ブラインドから射《さ》し込む朝日に顔をしかめ、ソファに横になれば朝まで寝てしまいかねないから机で仮眠をとったのに、と肩を落として電話に出ると、

『ああ、よかった繋《つな》がって』

という女性にしては低い、それでも何とか女性であることは判ぜられる声が聞こえた。聞き覚えのない声だが、この電話番号を知っているということは仕事絡《がら》みの相手だろうか、と考えていると、女性は、

『キミコ先生にご相談したいことがあって』

と続ける。そのまま相談を始めてしまいそうな調子に、君子さんは慌《あわ》てて「失礼ですが、お名前を頂戴《ちょうだい》できますか」と尋ねた。

女性は『あ』と声を跳ね上げる。

『すみません、わたしったら慌ててしまって。わたし、平田千恵美《ひらたちえみ》と申します』

平田さんはそれまでより一段高いトーンでフルネームを口にしたが、やはり声にも名前にも聞き覚えはなかった。仕方なく君子さんは、「大変恐縮ですが、会社名もいただいてもよろしいですか?」と質問を重ねる。すると、

『ああ、違うんです。わたしはキミコ先生のファンで』

という答えが返ってきた。

ファン。

君子さんは動きを止める。何の?　という言葉が咄嗟《とっさ》に浮かんだ。ライターとして

雑誌や本に署名原稿を寄稿することはあるものの、何か連載やコーナーを持っているわけではない。これだけは誰にも負けないというような得意なジャンルがあるわけでもなく、美容系から恋愛系、ビジネス系、オカルト系まで、もらった仕事は何でもやるタイプだ。どのジャンルでも納期通りに及第点の内容が書けるので重宝がられているとは思うが、では固定のファンがつくほど突出した何かがあるかといえば、我ながら首を傾《かし》げてしまう。だからと言って、別にそれをコンプレックスに感じているわけでもないのだが。

「えーと、何か記事を読んでくださったということかしら?」

『そうです。祟《たた》り松についての』

「祟り松……ああ」

数カ月前、オカルト特集のムックに寄稿した記事だった。西千葉駅前にある有名な心霊スポットについての話をまとめたもので、別にそれほど目新しいことなど書いていない。だが、平田さんは『あれ、すごく面白かったです。祟りって本当にあるんだなって』と言い募った。君子さんは少し複雑な気持ちになりながらも、ひとまず「ありがとうございます」と礼を言う。

だが、『いえ、どういたしまして』と返されたところで、ふと、この電話番号はどこで知ったのだろうと気になった。〈フリーライター・鍵和田君子〉という形でホームページを開設してはいるものの、そこには電話番号は記載していない。

「あの、ところで、この電話番号はどちらで？」

『この本の出版社にお電話をして、キミコ先生にお仕事をお願いしたいって言ったら教えてくれました』

「お仕事？」

たしかに、出版社には仕事の依頼ならば仕事場の電話番号は伝えても構わないと言ってある。机上ラックに置かれた時計を見ると、八時半を少し回ったところだった。そう言えば、あのムックを出している出版社は出版社にしては朝が早く、八時半に始業している。つまり、朝一番で電話をかけて連絡先を聞き、さらにすぐさまこちらへかけてきたということだろうか。

まあ、何はともあれ仕事ということならば、とメモ帳とボールペンをつかんだ瞬間、平田さんは続けた。

『はい、キミコ先生にお祓いをお願いしたくて』

数秒間、沈黙が落ちた。

メモを取ろうとしたボールペンの先が泳ぐ。君子さんは顔を上げながら「え？」と訊《き》き返した。

『ですから、お祓いをしてください』

平田さんは焦《じ》れたように語調を強めて言い、

『わたし、祟られているんです』

と宣言する。そしてそのまま、君子さんが止める間もなく一気に話し始めた。今年に入って長年闘病していた父親が死に、その後を追うように祖母も他界してしまったこと、金縛りによく遭うこと、病気がちになったこと――そこまでを立て板に水のごとく説明し、君子さんが「あの、ちょっと……」と言葉を挟んだのにも構わず『このままだと取り返しのつかないことになってしまいます！』とほとんど怒鳴るように続ける。

「ちょっと平田さん、落ち着いて」

『でも先生』

「私はお祓いはできないの」

とにかくこれだけは言ってしまわなければと思い、そう早口に告げると、平田さんは『でも』と言いかけて、そこで絶句した。

再び、沈黙が落ちる。

――この状況は、何だろう。

君子さんは受話器を耳に押し当てたまま、ふいにおかしくなった。彼女は真剣なのだから笑ったりしたら悪いとは思うものの、自分がお祓いの依頼をされているというこの状況がおかしすぎて、つい笑いそうになってしまう。おそらく、この後知り合いの編集者に話したら、みんな声を上げて笑うだろう。

「えーとね、そういうわけだからお力になれなくて申し訳ないんだけど、また別の人に……」

『じゃあ、お祓いができる人を紹介してください』

平田さんは君子さんの言葉を遮るように言った。

『こういう原稿を書いているくらいだから、そういうツテくらいありますよね？』

「それは……」

あるにはあるけど、という言葉はかろうじて飲み込む。すると平田さんは、

『命にかかわることなんですよ。すぐに何とかしていただけないと困ります』

と咎《とが》める口調で言った。

「困りますって……」

これにはさすがに君子さんもムッとする。たとえツテがあったとしても、なぜ突然

電話をかけてきただけの見知らぬ相手に紹介しなければならないのか。

「あなたね、紹介してって簡単に言うけど、電話で少し話しただけのよく知らない人に紹介できるわけがないでしょう」

君子さんの声音が変わったのを感じたのか、平田さんは『え、でも』と慌てた声を出した。

『祟られているのはわたしだけじゃないんですよ。ついに夫と息子にまで祟りが広がってしまって……』

「ご家族も金縛りに？」

君子さんとしては別に茶化したつもりはなかったのだが、平田さんは『そんなんじゃないです！』と声を荒らげた。だが、そもそも金縛りとは平田さん自身が祟りの実例として挙げたものなのだ。

『夫は交通事故に遭ったんですよ。息子も一昨日から様子がおかしいし……もし二人の身にまで何かあったら、先生は責任を取ってくれるんですか？』

決して甲高いわけではないのに、その怒鳴る声音はキンキンと頭に響く。君子さんは顔をしかめた。

「あなたが言うように祟りなんだとしたら、尚更《なおさら》簡単に紹介するわけにはいかないの。

第一、私自身があなたのことをよく知らないのに……」

『だから平田だって名乗ってるじゃないですか』

「あのね、名前だけじゃなくて」

『本のネタにしたければ好きに書いていいです』

「そうじゃなくて……どのくらい危険なのかもわからないのに紹介して先方に迷惑をかけることになったりしたら、それこそ責任が取れないでしょう」

『それを判断するのが先生の仕事じゃないですか』

君子さんは手のひらで額を押さえる。いつ、そんなことが仕事になったというのか。

正直なところ、これ以上は関わり合いになりたくない相手だった。それでも、それこそお祓いなどの対処が早急に必要そうな状況ならば、突き放してしまうのも躊躇《ためら》われるが、ここまで聞いた限りではどうもそんな感じもしない。

「何か誤解されているようだけど、私は別にそういうことのプロじゃないの。お祓いをしてくれる人を探しているんなら、たとえば氏神様が祀《まつ》られている神社にご相談に行ったりした方が早いと思うわよ」

『神社！』

君子さんとしてはごく常識的な回答をしたつもりだったが、なぜか平田さんは悲鳴のような声を上げた。君子さんはぎょっとして受話器を耳から少し離す。すると、先ほどまでよりも小さくくぐもった声で、『もう行きました』と言うのが聞こえた。

「あら、もう行ったの」

『行きました！　それなのに、ちゃんとすぐに謝ったのに収まらないから……』

「謝った？」

君子さんはすかさず訊き返す。だが、平田さんはそれまでの速すぎるテンポとは打って変わって押し黙った。君子さんは受話器を構え直す。

「謝ったっていうのはどういうこと？　何かしたの？」

『……いぬの尻尾《しっぽ》を踏んでしまって』

「は？」

予想外の答えに、思わず声が跳ね上がった。

「犬？」

『狛犬《こまいぬ》です。狛犬を踏んでしまったんです』

「ああ、狛犬」

君子さんはうなずいたが、拍子抜けした思いは元に戻らない。

「えーと、それで？　壊してしまったとか？」

『そんな！　壊してなんかいません！』

平田さんは慌てた口調で否定した。

『わざとじゃないんです。ただちょっとよろめいてしまっただけで』

まるで君子さんに誤解されたら大変なことになると思っているかのように弁明する。

君子さんは、ため息をついた。

「あのね、たしかに神仏に関わるものを害したらバチが当たるって考えるのはわからないわけじゃないけど、狛犬は間違って尻尾を踏んでしまったくらいで祟るような存在でもないでしょう」

『でも……』

「私の兄が子どもの頃、狛犬を公園の遊具と勘違いしてまたがったことがあったけど、その後特に祟られたりするようなこともなくて今も元気ですよ」

『でも……』

平田さんは何とかして反論しなければと思っているかのように繰り返す。君子さんは小さく息を吐いた。

「逆なんじゃないかしら。狛犬を踏んでしまったから不運が続いたんじゃなくて、不運が続いたから原因を探したら、それらしいものとして思い至ったのが狛犬の一件だった」

よくあることだ。いや、むしろそもそも祟りというもの自体が本来的にそうした「こじつけ」を孕《はら》んでいるとも言える。

たとえば、平田さんが読んだという「西千葉の祟り松」。これは、かつて刑場であった場所に植えられた、処刑された人を供養《くよう》するための松を切ると災いが起こる、というものだ。この松に手をつけた工事関係者が亡《な》くなり、その松を切って建てた病院の院長が亡くなり、その後建てられた雑居ビルでもたびたび怪現象が起こり——と、たしかにそれらしい噂《うわさ》はいくつもあるが、それでも木を切ったこととそこで起こった怪異とは別の事象である。ただ、「それらしい」というだけで結びつけて考えられているに過ぎないのだ。本当にそこに因果関係があるのかどうかは、結局のところ誰にもわからないのだから。

と、そこでふいに君子さんは原稿のことを思い出した。ハッと時計を見やると、いつの間にやら九時を過ぎている。

——まずい。

君子さんは腰を浮かせた。

「ごめんなさい、どっちにしても今は時間がないからこれ以上はお話を聞けないんだけど、」

『こっちも時間がないんです』

君子さんが言い終わるよりも早く、平田さんが言う。さらに、自分の言葉に駆り立てられるようにして『こうしている間にも、トシフミに何かあるかもしれないんだから！』と再びヒートアップし始めた。そしてそのまま、トシフミは小学三年生の九歳で、やんちゃなタイプだけど甘えん坊なところもあって、とまくし立てる。

仕方なく君子さんは「わかりましたから」と遮った。

「とりあえずお話は聞きますから、とにかく後に……」

『時間がないんです！』

もはや平田さんはこちらの言葉はまったく聞こうともせず、『早く誰か紹介してください』と迫り続ける。

『神社に謝りに行ってもまだ金縛りに遭うから、トシフミを連れてわざわざ電車を何回も乗り継いで東京の不便なところにいる霊能者に相談にも行ったんですよ。でも、その人はろくにこっちの話も聞かずに気のせいだなんて言って』

「あの、その話も後で……」

『よく当たるって話だったのに、インチキだったんです。やっぱりもっとちゃんとした人にお願いしないとダメだってわたし……』

会話が完全に嚙《か》み合っておらず、君子さんはもはや後にしてほしいとしか言っていないのに、平田さんは、素性がわからないと紹介できないのならと言って群馬県の住所を口にし始めた。「そういう話じゃないんですよ」と止めれば、じゃあ住民票の写しを送るから、と言い募ってくる。

「ああ、よく知らない人は紹介できないっていう言い方をしたのが悪かったわ。基本的にどなたも紹介するようなことはしていないの」

君子さんは言い方を変えることにしたが、それでも平田さんは『基本的にってことは、例外もあるわけですよね』と食い下がってきた。

「いえ、例外なく紹介はしていません」

『でもお祓いをしてくれる人を知っているわけでしょう？　だったら教えてくれてもいいじゃないですか』

「何にしても、他の人の連絡先をその人に断りもなく教えることなんてできないです」

『だったらキミコ先生の住所を教えてください』

もはや、なぜこんな会話をしているのかもわからなくなってきた。押し問答を繰り返している間に時計の針は九時半を回る。君子さんはガリガリと頭を掻《か》いた。

——こんなことをしている場合じゃない。

早く電話を切り上げて仕事を再開しなければ、本当に間に合わなくなってしまう。

君子さんは「とにかく、話は後で」とだけ告げて強引に電話を切った。だが、三十秒も経《た》たずに再び電話が鳴り始める。無視を決め込もうにも着信音が気になって原稿が進まず、君子さんは舌打ちをしながら電話に出て、「午後に改めて電話してください」と告げた。しかしそれでも平田さんは『住民票を送りますから』と言い続ける。

結局、君子さんは半ばやけくそで、とにかくただ通話を終わらせるためだけに早口に仕事場の住所を告げた。

「そんなに住民票を送ってきたいなら送ってきてください。話はそれからです」

時間稼ぎのつもりでそう言い放って電話を切る。

今度こそ、電話はもう鳴らなかった。ひとまず胸を撫《な》で下ろし、煙草《たばこ》を立て続けに吸いながら正午を五分ほど過ぎた頃にやっと原稿を仕上げて送る。

ソファに倒れ込む段になって、自分が厄介そうな相手に仕事場の住所を教えてしまったことへの後悔が込み上げてきたが、横になった途端にどっと押し寄せてきた眠気に抗《あらが》えずにそのまま眠ってしまった。

次に目覚めたきっかけは、チャイムの音だった。

君子さんはびくりと全身を揺らしてほとんど転げ落ちるようにしてソファを降り、宅配便だろうかと考えながら「はい」とインターフォンに出る。

すると、返ってきたのは、数時間前に電話で耳にしたのと同じ声だった。

『キミコ先生、やっぱり郵送だと時間がもったいないので直接来ました』

インターフォンに指を伸ばした体勢のまま固まる。

まさか、つい数時間前に電話を切ったばかりだというのに、もう群馬県からやってきたというのか――

このまま出ないでやり過ごせないだろうか、と一瞬考えた。はい、と答えてしまった以上、居留守を使うことはできないだろうが、ここで応対してしまえば、完全に住所を知られてしまうことになる。わざわざ遠方から足を運んできたのを無下にすることへの申し訳なさもないではなかったが、それよりも警戒心の方が上回った。そもそも郵送するからと住所を聞き出しておいて、アポもなしに訪ねてくる方が非常識だ。

何の反応もせずにいると、インターフォンの画面が暗転した。君子さんは物音を立てないように気をつけながら後ずさる。するとまるで呼び止めるようなタイミングでもう一度チャイムが鳴った。

調子外れの電子音が室内に響き、画面にドアの前の映像が表示される。君子さんは首だけを伸ばして画面を覗《のぞ》き込んだ。

意外にも、そこにいたのはごく普通の女性だった。

見たところ、三十代後半くらいだろうか。化粧気はなく、カーキ色のモッズコートも年齢にしてはいささかカジュアルすぎる印象があるもののそれほど違和感はない。隣には女性の肩ほどの背丈の男の子がいて、小学校から直接連れてこられたのか背中にはランドセルがある。今は女の子が赤、男の子が黒と画一的に決まっているわけではないらしいと聞いたことがあるが、少年の背中にあるのはオーソドックスな黒いランドセルだ。二人とも、先ほどまでの電話でのやり取りさえなければどこにでもいる親子連れにしか見えなかった。

『キミコ先生？　いるんでしょう？』

平田さんは声を張り上げる。

『今、出てくださいましたよね？』

君子さんは顔をしかめ、人違いだと言い張ろうかと考えた。ここにはそんな人はいないと主張すれば、住所を聞き間違えたと考えてくれるかもしれない。当然、再度電話をかけてくるだろうし、編集者からの電話がかかってくる可能性を考えると出ないわけにもいかないが、今度こそ住所は教えなければいい。

そこまで考えるのと、仕事場の電話が鳴り始めるのが同時だった。とりあえずこれは出ずにいようと思った途端、『やっぱりここで合ってる』というつぶやきが扉の方から聞こえてくる。

しまった、と君子さんは顔をしかめた。

『キミコ先生？　大丈夫ですか？』

平田さんの声が徐々に大きくなる。インターフォンから聞こえてくる声と玄関から直接聞こえてくる声が二重になった。

『キミコ先生！――どうしようトシフミ、もしかしたら先生に何かあったのかもしれない。お母さん、ちょっと誰か人を呼んでくるからトシフミはここで待っていられる？』

演技なのか本気なのか、そんなことまで言い始めたので、君子さんは仕方なく平田さんを仕事場に通すことにした。こうなれば、できるだけ穏便に済ませて帰ってもらうしかない。

君子さんがドアを開けるなり、平田さんは「ああ！」と大仰な声を上げた。

「先生、ご無事だったんですね！」

「……ちょっと手が離せなかったもので」

君子さんは、警戒心と気まずさで顔を伏せながら答える。

「ああ、よかった。先生にまで何かあったら、わたし、どうしたらいいのかと思っていたんです」

平田さんは芝居がかった仕草で胸を撫で下ろした。そしてそのまま中に入ってきて、君子さんが水を向けるまでもなく、ソファに促されるのすら待たずに話し始める。

実は、今年に入って父と祖母が立て続けに亡くなってしまいまして、と電話でも聞いた内容を繰り返そうとしたので、「それは先ほど聞いたので大丈夫ですよ」と言葉を挟むと、一瞬押し黙ったものの、「祟られているのはわたしだけじゃないんですよ。ついに夫と息子にまで祟りが広がってしまったんです」と、やはり先ほどの電話と同じ言葉を口にした。

「えーと、旦那《だんな》さんが交通事故でしたっけ？」

君子さんが、せめて話を前に進めるために言うと、平田さんは「そうなんです！」と目を見開く。

「すごい、どうしてわかったんですか？」

どうしても何も、先ほど聞いたからだと答えるよりも早く、平田さんは「やっぱり先生にお願いすることにしてよかった」と小刻みにうなずいた。

「ちょっと待ってください、私はまだ何も……」

「犬が事故を起こしたのは、一昨日の夕方のことでした」

平田さんは君子さんに構わず説明を始める。

「微熱があるということで、会社を早退してきたんです。とはいえ、自分で運転できないほどではなかったのでいつものように自家用車で帰ってきました。そうしたら、いきなりドンッと何かが爆発するような衝撃を感じたそうなんです」

「いや、ちょっと平田さん……」

「犬の話では、本当にいきなり衝撃だけが来たみたいです。一体何が起こったのかわからなくて、一瞬にして頭が真っ白になってしまったと。ほとんどパニック状態で、気づけばハンドルにしがみついてブレーキを踏み続けていたそうです」

平田さんはほとんど息継ぎもせずに話し続け、腰を下ろしたところで荷物に気づいたのか菓子折りを手にした。「これ、つまらないものですが」と差し出され、「いえ、こういうのは結構です」と固辞すると、「突然お邪魔してしまったわけですし、お礼というよりもお詫《わ》びと思って受け取ってください」と食い下がられる。悪いとは思っていたのか、と驚いた隙《すき》に、紙箱を押しつけられた。

「どのくらいそのまま固まっていたのか、ハッと我に返るのと同時に、はねてしまった、と青ざめたといいます」

平田さんは、また何の前振りもなく話題を元に戻す。

「車はガードレールにも電柱にも突っ込んでいない。前後にも車の姿はない。だとすれば何かをはねてしまったんじゃないかと」

そこまで言うとほんの少し声を重くした。

「夫は震えながら車を降りたそうです。周りには誰もいなくて、何が起きたのかを訊くこともできなかった。前輪の近くを見るのが怖くて、なかなか視線を向けられなかった、と。はねてしまったのは人間なのか、犬なのか、猫なのか、あるいは違う動物なのか……それ以上は考えられないまま、やっとのことで車の前に回り込み――けれど、そこには誰の姿もありませんでした」

君子さんは微《かす》かに目を瞠《みは》る。それは話の内容に驚いたからではなく、予想外に平田さんの話がわかりやすかったからだった。

これまでの相手の都合に構わない手順からして、要領を得ない話になることを覚悟していたのに、まるで別人のように話が整理されている。何度もいろんな人に相談するうちに説明が洗練されていったのだろうか。

「地面に血の跡はなく、車体は少しへこんでしまっていたものの、そこにも血はついていませんでした。――ただ」

平田さんはそこまで言ってから息継ぎをし、重大な事実を伝えるように告げた。

「車から二メートルほど離れた草むらの中に、引きちぎられた仔犬《こいぬ》の首輪が落ちていたそうなんです」

君子さんは続きを待ってしまい、反応を探るような平田さんの目つきに反射的に上体を引く。

「つまり、犬をはねてしまったという話ですか？」

「違います」

平田さんは強い口調で否定した。

「そうじゃなくて、やっぱり狛犬の祟りだったたっていう話でしょう？」

出来の悪い生徒を前に焦れる教師のように声を尖《とが》らせる。

「狛犬の祟り……」

君子さんはぼんやりと繰り返した。

「そうですよ。わざと夫に犬の首輪を見せることでわたしに思い知らせようとしたんです」

平田さんは断言する。

君子さんは、思わずその姿をまじまじと眺めてしまった。もはやどこから突っ込みを入れればいいのかわからない。犬繋がりで因縁を感じたのかもしれないが、そもそも狛犬とは犬ではないのだ。一説には、仏像の前に二頭の獅子《しし》を置いたのが起源で、インドからシルクロードを通って伝来してくる中で「狛（現在の朝鮮半島）から来た犬」と呼ばれるようになったとも言われている。額に角がある、あくまでも想像上の生き物だ。

さて、どう説明しようかと思考を巡らせていると、平田さんは上体をぐっと前に乗り出してきた。

「それに、夫はそれ以来、肩がひどく重く痛むそうなんです」

その打ち明け話をするような口調に、君子さんは脱力感を覚える。

「それは……事故の瞬間にむちうちになったわけではなく？」

「いえ、狛犬の霊が夫に事故を起こさせ、夫に取り憑《つ》いたんです」

「霊？　でも首輪があったんですよね」

「はい」

平田さんの主張の支離滅裂さを指摘したつもりだったが、平田さんは迷いなく顎《あご》を引いた。君子さんは、さらに脱力感が増すのを感じる。

説明された状況を普通に捉《とら》えるなら、おそらく旦那さんは熱で意識が朦朧《もうろう》としている中で犬をはねてしまったのだろう。そして、その犬はそれほど重傷を負ったわけではなかったため、旦那さんが車を降りるまでの間に現場から離れた。被害者の姿が見えなかったというのはそれで充分に説明がつくし、旦那さんが事故以来肩に痛みを覚えているというのは、事故の衝撃で痛めたという以外に考えようがない。

「失礼ですが、『幽霊の正体見たり枯れ尾花』という言葉をご存じですか？」

「幽霊の……？」

「幽霊の正体見たり枯れ尾花、です。幽霊かと思ってよく見たら枯れたススキの穂だった、という意味で、恐れや疑いの気持ちがあると何でもないものまで恐ろしいものに見えてしまうというたとえですよ」

平田さんは、眉間《みけん》に深い皺《しわ》を寄せる。

「……もしかして、キミコ先生はわたしが嘘《うそ》をついていると思ってるんですか？」

じっとりと恨みがましい目を向けてきた。君子さんは「嘘をついているとは思っていないですけどね」と肩をすくめる。

「ただ、どうしても『祟られている』という前提ありきで考えてしまっているように見受けられるのは事実です」

「そんなことないですよ。でも、はねてしまった何かの姿が見えなかったって言うか……だったら霊の仕業だとしか考えられないじゃないですか」

「姿が見えなかったというのは、ただ旦那さんが事故の衝撃で茫然自失《ぼうぜんじしつ》している間に逃げてしまっただけかもしれませんよ」

「加害者が逃げるならともかく、被害者が逃げるなんてことはあり得ないでしょう」

犬ならあり得ますよ、という言葉が浮かんだものの、君子さんは会話を続けることに億劫《おっくう》さを感じた。要するに、この女性は祟りだと思いたいのだろう。前提として「祟り」という可能性に縛られているわけではなく、結論を「祟り」に持っていきたいのではないか。

そう考えたことで君子さんが連想したのは、いわゆる「自称霊感少女」だった。自分は霊感が強いのだと主張する人間で、思春期の少女に多いことから「少女」という呼称を用いることが一般的になっているものの、若い女性に限った話ではない。

「霊が見える」という人、「霊の気配が感じられる」という人、「霊と対話ができる」

という人などタイプは様々だが、共通しているのはどれも「他の人が感知できないものにアクセスできる」と主張している点だ。つまり、自分は特別な人間だというアピールの一種であり、だからこそあくまでも頭に「自称」がついているだけの人も少なくない。

ただし、「自称」だからといってわざと嘘をついているとは限らない。むしろ、本人は本気で自分が「何か」を感じ取っていると信じていたりするのだ。

「何でも夫は、子どもの頃に交通事故に遭って足の骨を折ったことがあるらしくて、車の怖さについてはいつもしつこいくらい繰り返していて運転もとにかく慎重なんです。そんな人がいくら微熱があったとはいえ、自分で事故を起こすなんてありえません。……わたしにかかっていた祟りが、夫にも広がってしまったんです」

平田さんはしぼり出すような声音で言って下唇を噛みしめた。

君子さんは、思わず平田さんの隣にいるトシフミくんを見る。トシフミくんは、いたたまれなさそうに身を縮めてうつむいていた。

その様子に、君子さんはトシフミくんが気の毒になる。

おそらく、トシフミくんは母親の言葉を完全に信じているわけではないのだろう。

だが、それは違うんじゃないかと諫《いさ》めることもできない。結果、母親に連れてこられたものの、母親と同じテンションやスタンスで話に乗ることはできないのだろうと思うと、せめてトシフミくんの目の前で頭ごなしに平田さんの言説を否定することはやめようという気になった。

「なるほど、ではトシフミくんにはどんなことが？」

君子さんは意識的に口調を和らげて尋ねる。平田さんは飛びつくようにして身を乗り出し、よくぞ聞いてくれたとばかりに「狛犬の霊に取り憑かれたんです」と言い募った。

君子さんは反射的に「霊は旦那さんの方に取り憑いていたはずでは？」と指摘したくなったが、曖昧《あいまい》にうなずくに留める。

だが、平田さんは君子さんの微妙な表情には気づかないようで、「ね、トシフミ」とトシフミくんの肩を押した。トシフミくんはうなずくというよりも押された力に抗わなかっただけのような動きで前に傾く。

「霊はこの子に取り憑いて操ったんです」

「操った？」

「夜中に家を抜け出させたんです。幸い、しばらくして部屋にいないのに気づいてすぐに追いかけたので大事になる前に見つけられたんですけど」

はあ、という声が出た。トシフミくんを見ると、うつむいたまま指先をいじっている。君子さんはどこまで疑問をぶつけていいものか少し迷ったが、ひとまず「それは霊の仕業なんですか？」とだけ尋ねる。

すると平田さんは「そうですよ」と躊躇いなく答えた。

「だって、トシフミには家を抜け出した記憶がなかったんですよ。どうしたのって訊いても、わからない、おぼえてないって言うだけで」

「寝ぼけていたわけではなく？」

「靴をきちんと履いて家から五十メートルくらい離れたところを歩いていたんですよ？　寝ぼけてそんなことができます？」

不可能ではないだろう、と君子さんは思った。

夢遊病――睡眠時遊行症は小児・学童期に多い病気だ。眠っている間に起き上がり、目も開けて歩き回る。周囲からは普通に起きているようにしか見えないが、本人にはまったく記憶がない。トイレに行って用を足し、トイレットペーパーを使ってきちんと拭《ぬぐ》っていたという話や、靴を履いて外へ出て、小学校まで歩いていったという話もある。

そしてもう一つ、可能性として浮かんだのは、トシフミくんがわざとこっそり家を抜け出した、という線だった。親に隠れて何かをしようとしたけれど、あえなく見つかってしまった。だから記憶がないと言ってごまかしているのではないか。

「ちなみに、そのときトシフミくんはお財布は持っていましたか？」

「お財布？　いえ、持っていませんけど」

なるほど、と君子さんは相槌《あいづち》を打った。だとすると、何かをこっそり買いに行ったという可能性は消える。他には、たとえばこっそり誰かに会う約束をしていたとか
――そう思案しているうちに平田さんが続けた。

「この子が持っていたのは破れたお守りだけです」

「破れたお守り？」

君子さんは眉を上げる。平田さんは上体をねじり、ハンドバッグから白いお守りを取り出した。受け取ろうとした君子さんの手が止まる。

お守りは、本当に破れていた。

薄桜色の糸で〈身体健全御守〉と刺繍《ししゅう》された表面が斑《まだら》に茶色く汚れ、端が引きつれるように小さく破れている。中身が見えてしまうほどではないものの、上部に縫いつけられた白い紐《ひも》までもが千切れてほつれてしまっている。

「せめてこの子には祟りが広がらないようにと思って持たせていたんです。いつもラ

ンドセルにつけさせていて、毎朝トシフミを守ってくださいってお願いして……その日の朝もちゃんとついていたはずなんですよ。なのになぜか、こんなふうに紐のところが引きちぎられて、踏みにじられたような跡まであって……どうしたのこれって訊いたら、それもわからない、おぼえてないって言うんです。――たぶん、お守りがあったから最悪のことにはならなかったんだと思います。でも、こんなふうにボロボロになるくらい強い霊だったなんて……」

これには、さすがに君子さんも心配になった。ただし、平田さんの主張を信じたわけではない。むしろ君子さんが考えたのは、人為的な可能性だった。

引きちぎられた紐、踏みにじられたような跡――それがまさに、紐を引きちぎられて踏みにじられたことを意味しているのだとしたら。

――たとえば、トシフミくんがいじめられているのだとしたら。

君子さん自身、小学生の頃に短期間ではあるもののいじめられたことがあった。そしてそのとき、親には必死に隠そうとしたのを覚えている。

心配をかけたくないというよりも、ただ知られたくなかった。自分がいじめられるような人間だと親に思われたくなかったからだ。今ならどんな人間であれいじめを受ける可能性はあり、恥じることなどないのだとわかるが、当時は落書きをされた教科書やノートを見られないように自ら捨てさえした。

——この子も、傷つけられたお守りを見られないようにこっそり捨てようとしたのだとしたら。

平田さんは、毎朝お守りにお願いをしていたという。だとすると、夜中のうちに捨ててしまわなければ見つかってしまう。

君子さんは、トシフミくんの傍らに置かれた黒いランドセルを見た。表面には、無数の傷がある。もちろん、小学生の男の子であれば普通に使っていても傷くらいはつくだろう。だが、側面のベルトが千切れているのが気にかかった。ランドセルというものは六年間使われるものだけあって、かなり丈夫に作られている。それがここまで傷ついているということは、相当強い力を加えられたということになりはしないか。

平田さんはさらに「それだけじゃなくて」と続ける。

「いきなり脚に原因不明の痣《あざ》が出たんです」

——痣。

「どこかにぶつけたのかと思って訊いてもトシフミにも覚えがないそうで、しかもかなり痛そうに見えるのに試しに痣に触れてもまったく痛くないと言うんです」

平田さんは言いながらトシフミくんの長ズボンの裾《すそ》をまくり上げた。君子さんは思わず息を呑《の》む。

ひどい痣だった。

大人の男性の拳《こぶし》ほどの大きさがあり、赤紫色に腫《は》れ上がっている。

「……病院には」

「連れて行こうとしたんですけど、本人が痛くないし行きたくないというものだから」

平田さんが困惑した顔で裾を戻した。平田さんの指が痣に触れた瞬間、トシフミくんが息を詰めたのを君子さんは見逃さなかった。

──やはり、痛くないわけがないのだ。

だが、痛いと口にすれば病院に連れて行かれると思っているのだろう。そして、病院に行けば、祟りなどではなく怪我《けが》だとわかってしまう。──だから、トシフミくんは母親の考えを否定しないのではないか。

平田さんは君子さんの腕をつかむ。

「キミコ先生、お願いします。この子に何かあってからじゃ遅いんです。早くお祓《はら》いをしてくれる方を紹介してください」

君子さんの腕に、平田さんの爪《つめ》が食い込んだ。君子さんは腕を見下ろす。

「ですが……」

お祓いよりも病院に行くべきなんじゃないかと、ここで言ってしまっていいものかどうか。

するど平田さんは、君子さんがまだ納得していないと思ったのか、「他にもおかしなことがあるんです」と口にした。君子さんの目を見据えて、

「幻聴です」

と物々しく告げる。平田さんは切り札を切ったような表情をしていたが、君子さんはうなずけなかった。

「誰もいないところから声が聞こえたって言うんです」

平田さんの言葉に、トシフミくんが小さく肩を揺らす。君子さんは、敢《あ》えてトシフミくんに視線を合わせた。

「誰もいないところって、どんなところ?」

だが、トシフミくんは目を伏せたまま答えない。平田さんへ顔を向けると、平田さんも首を横に振った。

「わたしが訊いても、答えないんです。詳しく訊こうとしたら、やっぱり声なんて聞こえなかったって言い出して」

君子さんは数秒考え、再びトシフミくんを見る。トシフミくんは微動だにしなかった。これ以上は何も訊かないでほしいと全身で訴えるように。

君子さんは唇に拳を当てる。これは、どういうことだろう。何とかして母親に話を合わせようとしているのだろうか。それとも——あまりに大きなストレスから実際に身体に変調をきたしているのだろうか。

何にせよ、このまま二人と同時に話をしていても意味はなさそうだった。トシフミくんから話を聞き出すには母親が同席していない方がいいし、平田さんにいじめの可能性を伝えるにしても、トシフミくんがいない場の方がいい。

ひとまず帰ってもらって改めて電話をかければ平田さんとだけ話すことは可能だろうが、筋としては先にトシフミくんと話すべきだろう。さて、どうやって平田さんに席を外してもらうか——と、そのとき、携帯が鳴った。

「ちょっとごめんなさい」と平田さんに断って廊下に移動しながら電話に出ると、相手は榊さんだった。

特に用という用はなく、むしろかなり〆切《しめきり》が差し迫っているのだが、あまりに疲れてやる気が失《う》せたので同じような状況にいそうな相手にかけてみた、という、何だかとても榊さんらしい理由で、君子さんは「一緒にしないでよ」と言いながらも自分でも驚くほど気持ちが軽くなるのを感じた。

そう言えば今電話大丈夫かと訊《き》かれたので「今は自分は祟られているんだって人が仕事場を訪ねてきてるけど」と答えたら、榊さんは『おいおい、何だよその面白そうな状況は』と声を弾ませた。

『いいね、目が覚めてきた』

「でも、話を聞いてみたらどうも祟りって感じじゃないんだけど」

『どんな話？』

間髪をいれずに質問が返ってくる。そして、そのままリズミカルに尋ねられているうちに、いつの間にか今日見聞きしたことを全部話していた。

『なるほどねえ』

榊さんはどこか間延びした声でつぶやく。君子さんはちらりと平田さんたちのいる部屋の方を見やってから携帯を握り直した。

「ねえ、まずはどうしたらいいかしら？」

『とりあえず病院には行った方がいいだろうな』

「やっぱりそうよね。でも、トシフミくんは嫌がると思うのよ」

『嫌がろうが何だろうが、無理やりにでも連れていくしかないだろう』

「そうよねえ」

そんな会話をし、さて、どうやって話を持っていこうかと思案していると、

『まあ、四十八時間経っていて吐いたり頭痛を訴えたりしていないんなら、たぶん頭は無事なんだろうが』

榊さんは独り言のように言ってから、『とはいえ、交通事故は後から症状が出てくることもあるからなあ』と続けた。

「交通事故？」

君子さんは首を傾《かし》げて訊き返す。

「え、交通事故に遭ったのはお父さんの方でしょう？」

『ん？』

榊さんの怪訝《けげん》そうな声で、会話に間が空いた。

君子さんは携帯を耳から離してまじまじと見る。一体、どこから話がすれ違っていたのだろう。自分の話し方がまずかったのだろうか。そこまで考えた瞬間、榊さんは言った。

『その父親がはねたのが、息子なんだろう』

え、とかすれた声が漏れた。

『父親は、その子に車の危険性についてしつこいくらい繰り返していたんだろう』

榊さんの言葉に、君子さんは首をぎこちなく捻《ひね》る。扉の向こう、今もトシフミくんが座っているだろうソファが脳裏に浮かんだ。

そこに置かれている、側面のベルトが千切れたランドセル。

君子さんは、目を大きく見開いた。

ふいに、平田さんが来てから聞いた話が次々に蘇《よみがえ》っていく。

平田さんの夫がはねてしまった何か、現場近くに落ちていたという「仔犬の首輪」のような細く短い革のベルト、『加害者が逃げるならともかく、被害者が逃げるなんてことはあり得ない』という平田さんの言葉、引きちぎられたお守り、トシフミくんの脚にできたひどい痣――

『はねられたのがその子だったんだとしたら、その子は事故に遭ってすぐ、こう考えたんじゃないか。――言いつけを守らずに飛び出してはねられたとばれたら、お父さんに怒られる』

よりによって、運転していたのは父親だった。その場に居続けて父親に見つかれば、ばれないわけがない。

普通、被害者が逃げることなどあり得ない。けれど、被害者が子どもの場合、別の論理が働くことがあり得たのだ。

——だから、逃げた。

君子さんは天を仰いで目をきつくつむった。

おそらく、事故の衝撃でランドセルの部品である革のベルトが引きちぎられ、ランドセルについていたお守りも落ちてしまったのだろう。トシフミくんはすぐにその場を立ち去り、夜になってお守りがなくなっていることに気づいた。それで慌《あわ》てて夜中にこっそりと拾いに行ったものの、お守りは事故の衝撃か、その後誰かに踏まれてしまったのか、ひどい有様になっていた——そういうことだったのではないか。

祟りだ、怪異だ、と騒いでいたものの、蓋《ふた》を開けてみれば何のことはない。どれも、トシフミくんが事故を隠そうとしたから不可解な出来事に見えていただけだったのだ。

君子さんは急いで礼を言って電話を切り、平田さんとトシフミくんが待つ部屋へと戻った。

「あ、キミコ先生！」

弾《はじ》かれたように顔を上げた平田さんの隣で、トシフミくんは小さく身を縮めたままうつむいている。君子さんはその傍らに膝《ひざ》をつき、視線を合わせた。

「お父さんは、はねてしまったのがあなただってことに気づいていなかったのね？」

トシフミくんが息を呑む。

「どうして……」

そこで我に返ったように、ハッと口を押さえた。その姿に、君子さんはどうやら榊さんの説が的を射たらしいことを悟る。

「え、何の話？」

平田さんが君子さんとトシフミくんを交互に見た。

「ちょっとトシフミ、今のはどういう……」

トシフミくんは必死に隠してきたのだろうと思うと、ここで話してしまうのは酷に思えた。だが、病院に連れて行くべきだということを考えれば、隠し続けてもいられない。

「おそらく、ご主人がはねてしまったというのが、トシフミくんなんじゃないかと思います」

「トシフミ、そうなの？」

平田さんはトシフミくんの両肩をつかんだ。トシフミくんが泣き出しそうな顔をする。

「ごめんなさい、でも僕……」

「どうしてすぐに言わないの！」

平田さんは真っ青な顔をしていた。トシフミくんの頭に触れ、「救急車……」と声を震わせる。

「平田さん、落ち着いてください」

君子さんは腕を伸ばして声をかけた。

「もちろん病院にはちゃんと行って検査してもらった方がいいでしょうけど、事故から既に二日経っているわけですし、救急車を呼ぶほど切羽詰まった状況ではないと思いますよ」

「あ……はい」

平田さんは視線をさまよわせたままうなずく。

「じゃあ、祟りじゃなかったってことですか？」

呆然《ぼうぜん》とした声で言った。

君子さんは「おそらく」と答えながら、反論してくるかもしれないなと考える。祟りを否定するということは、祟りを感知していた平田さんの特別さをも否定するということだからだ。

だが、意外にも平田さんは「ああ、よかった」とつぶやいた。

「トシフミにまで祟りが広がってしまったわけじゃなかったのね」

震える腕で息子を抱き寄せ、涙を流す。その姿は、それこそ憑き物が落ちたかのようだった。

「キミコ先生、いきなり来て変な話をしてしまって本当にすみませんでした」

平田さんが涙を拭いながら君子さんを見つめてくる。

君子さんは何となくすわりの悪い思いで、「……いえ」とうつむいた。そもそも事故に遭ったのがトシフミくんではないかと気づいたのは自分ではない。しかも自分は、平田さんが祟りに執着しているのではないかと勘繰ってさえいたのだ。

平田さんは「ありがとうございます。キミコ先生のおかげで、ちゃんとこの子を病院に連れていくことができます」と言って、その場で深々と頭を下げる。

君子さんはもう一度「いえ」と答えることしかできなかった。


君子さんが榊さんから連絡を受けたのは、その約ひと月後のことだった。

話の顚末《てんまつ》としては怪異ではないようだったが、エピソードとしては面白かったのでコラムのネタにさせてもらえないかという。

平田さんは『本のネタにしたければ好きに書いていいです』と言っていたが、結局霊能者を紹介したわけでもないのにいいのだろうか、と考えていると、榊さんは『思い起こしてみたら幻聴のところだけがまだ説明がついていないんだよ。できれば直接本人と話して詳細を確認したいから紹介してもらえないか』と続けた。

真相を突き止めた功労者からそう言われれば、君子さんとしても了承するしかない。

「じゃあ、ちょっと連絡を取ってみる」と答えると、電話機を操作して受信記録を調べ、話を切り出す手順を思い描いてから電話をかけた。

だが、電話に出たのは平田さん自身ではなく、その旦那さんだった。

君子さんが千恵美さんはご在宅ですか、と尋ねると、旦那さんは押し殺した声で言った。

『家内は、先週他界しました』

バン、と頭を固いもので殴られたような衝撃が走る。

「……亡《な》くなられた？」

『はい』

まさか、と思わず言ってしまっていた。

「そんな、どうして……」

死因を尋ねるなんて不躾《ぶしつけ》だとわかっていながらも、どうしても訊かずにはいられない。旦那さんは、少し迷うような間を置いてから、『火事です』と答えた。

『旅先で火事に巻き込まれて、私と息子は逃げられたのですが……家内は』

そこで言葉を詰まらせる。

わたし、祟られているんです――平田さんの声が、耳の奥で反響した。いや、考えすぎだ。君子さんは首を横に振って思考を払う。たしかに不運が続いているとはいえ、火事だって理屈で説明がつかないわけではない。

ただ、あのとき平田さんに泣きながら抱きしめられていたトシフミくんの姿が蘇って、胸が苦しくなった。あの子は今、どうしているだろう。「トシフミくんは」と訊きかけたものの、それ以上は言葉にならない。

だが、旦那さんは電話を替わってほしいという意味だと取ったらしく、『少しお待ちください』と言って電話口を離れた。

しばらくして、『もしもし』というトシフミくんの声が聞こえる。

「ああ、トシフミくん」

大丈夫かと尋ねそうになって、慌てて言葉を飲み込んだ。大丈夫なわけがない。もっと気の利《き》いたことを言わなければと思うのに、何を言えばいいのかわからなかった。迷った挙句、「そう言えば、病院には行った?」と一カ月前のことを尋ねてしまう。

トシフミくんが『うん』と答えると、そこで会話が途絶えた。

君子さんは、話を切り上げようとして口を開く。だが、口をついて出たのは別の言葉だった。

「あのとき、トシフミくんが言っていた声って……」

思わず尋ねてしまってから、母親を亡くしたばかりの子どもに尋ねるような内容ではないと後悔する。何でもないと続けなければと受話器を握り直したところで、トシフミくんは『もう聞こえなくなった』と答えた。

「もう?」

『うん、お母さんが……死んじゃってから』

トシフミくんの言葉に、どくんと心臓が跳ねる。

――母親に話を合わせていたわけではなかったのだ。

『あのね、ほんとうはお父さんの車の前にとびだしちゃったのも、声が聞こえたからだったんだ』

そう言えば、トシフミくんは誰もいないところから声が聞こえたと主張していた。どこで聞いたのかは話そうとしなかったこともあって、作り話ではないかと考えてしまったが――それも交通事故のことを隠すためだったのだ。

そこまで考えて、君子さんは平田さんの言葉を思い出した。

夫は震えながら車を降りたそうです。周りには誰もいなくて、何が起きたのかを訊くこともできなかったと――あのとき現場に人がいなかったことは、旦那さんも証言している。

――ということは、本当にトシフミくんは誰もいないところで声を聞いた？

足元から悪寒《おかん》が這《は》い上がってきた。

「その声って……」

『おばあさんみたいな声。なんか大きな声で笑ってて……すごくへんだった』

トシフミくんは、険しい声で言う。

「変だった？」

『うん、だって……』

トシフミくんは考え込むように、もう一度『だって』と繰り返してから続けた。

『耳の近くでどなられてるみたいだったから』

「怒鳴られてるみたいだった……笑っているのに？」

『うん』

――ああ、よかった。トシフミにまで祟りが広がってしまったわけじゃなかったのね。

半田さんの心の底から安堵《あんど》したような声が耳の奥で反響する。

自分は、何か大きな間違いを犯してしまったのではないか。もっときちんと、彼女の話に耳を傾けるべきだったのではないか。

気づけば、電話は切れていた。

君子さんは、今でも自分の対応を後悔しているという。

第三話　妄　言

「小説新潮」二〇一七年八月号掲載

君子さんからは、怪談になりそうな話を集めるなら、やはり榊さんに相談するのが一番だろうと言われたのだが、実のところ私は、さすがにその線は厳しいだろうと考えていた。

なぜなら、榊さんはそうした話があれば自らがそれをネタにして書く人だからだ。「染《し》み」のように、そもそも私が持ち込んだ話について執筆許可をもらうのならばともかく、プロに対してネタをくれと頼むのはあまりに図々《ずうずう》しすぎる。

まずは編集者や友人に「怪異に遭った経験はないか」と尋ねていくことにして、榊さんには平田さんの話について書いていいか打診した上で、今後いくつか怪談を書いていくつもりであることを伝えるのが筋だろうと考えた。

だが、君子さんから「お祓《はら》いを頼む女」の話を聞くことになった経緯について話したところ、予想外のことに榊さんの方から「ちょうど書く機会を失ったままになっているネタがあるんだけど」と切り出されたのだった。

＊

九年ほど前、当時三十二歳だった塩谷《しおや》崇史《たかふみ》さんは、埼玉県の郊外に家を買った。都内への通勤時間は約一時間、それまで住んでいた賃貸マンションに比べると会社までの距離は離れるものの、月々の支払い額は同じで部屋数が二つ増えるし、駐車場も別に借りなくて済むようになる。

何より一軒家を購入することは崇史さんの長年の夢だった。いや、夢というよりはいつかは達成するべき目標だった、という方が実感に近いか。山梨県に暮らす両親、特に父親は一国一城の主《あるじ》になってこそ一人前という考えを繰り返し口にしており、それはほとんど刷り込みのように崇史さんの意識に根づいていた。

だからこそ結婚を決めてすぐ家探しを始めたのだが、なかなか希望する条件に合う物件は見つからなかった。通勤しやすい路線と予算、それから妻が強硬に主張する駅から徒歩十分以内という条件を満たす物件というだけで、既にかなり数が限られてしまう。さらにそこへ間取りや土地面積、日照条件、スーパーまでの距離などの希望を加えると、該当件数はみるみるうちに減っていき、やがてゼロになった。

住宅情報サイトが運営している相談カウンターでは、この予算であればどれかは妥協せざるを得ない、もしどれも妥協できないのならば予算を増やすしかない、と言われたが、一生に一度の買い物で妥協したくはないし、予算を増やすことは物理的に不可能である。とはいえ、どうにもならない以上、やはり何かしらは妥協しなければならないのだろうかと考え始めたとき、住宅アドバイザーが「こちらは中古なんですが」と提示してきたのが、この物件だった。

まさかこんなに理想通りの物件があるなんて、と驚くほど、崇史さんたちの希望にぴったりだった。駅からは徒歩四分で、価格も予算以内、日照条件も悪くなく、しかも間取りは3LDKが希望だったところ、4LDKもある。駅前に大きなショッピングモールができて以来若い世代が増えてきているそうで、市の子育て支援も充実しているからゆくゆくは子どもができても心配いらないという話だった。しかも、中古とは言っても築八年で、一見ほとんど新築と変わらないらしい。

早速物件を見に行ってみると、玄関ポーチの石段などはさすがに少し黒ずんでいたが、室内はすべて壁紙が貼《は》り直されていて新築同様に見えた。そもそも、考えてみればそれほど新築にこだわる理由があるわけでもないのだ。せっかく買うのだから何となく中古より新築で、と思っていただけで、それは絶対に譲れない条件でもない。どうせ新築で買っても入居したらすぐに中古になってしまうのだし、それ以外の条件が満たされていることの方がよほど重要なはずだ。

「前に住んでいた方は、どうして手放すことにしたんですか？」

崇史さんは、内心ではもうほとんど決めながらも担当者に尋ねた。担当者は予想していた質問だったのか、「ご主人のお仕事の都合だそうです」と滑らかに答える。

「えー、かわいそうに」

妻が思わずといった様子で声を上げた。担当者は深くうなずき、「本当に、こんな素敵な家を手放さなければならないなんて、もったいないですよね」と言って玄関ポーチから家を見上げる。

と、そのとき、隣の家のドアが開いた。

中から現れた五十代くらいの女性は、崇史さんたちをじっと見る。

「もしかして、新しく入居される方？」

「あ、いえ、まだ検討中で内見に来ただけなんですけど」

崇史さんが少し慌《あわ》てて訂正すると、女性は「あら」と口元を手で押さえた。

「ごめんなさいね、早とちりして。こんなに若くてかわいらしい方たちが引っ越してこられたら素敵だなって思っちゃったの」

茶目っ気のある口調で言って、ふふ、と柔らかく微笑《ほほえ》む。

——いい人そうでよかった。

まず崇史さんは考えた。ここにこれから先ずっと住んでいくのであれば、隣人がどんな人かというのはかなり大事な要素だ。

すると、女性はそんな崇史さんの考えを知ってか知らずか、「オダさんもきっと大歓迎よ」と続けた。

「オダさん？」

「ええ、そちらのおうちの方」

崇史さんが訊《き》き返すと、女性は答えながら崇史さんたちがいる家の右隣の家を指さす。

「オダさんはとってもかわいらしくて上品な方なの。旦那《だんな》さんも中学校で教鞭《きょうべん》をとっておられて……」

そのまま淀《よど》みなく「オダさん」について説明を続ける女性に、崇史さんは微《かす》かにたじろいだ。内容は褒めるものばかりなのだからやはりいい人には違いないのだろうが、

噂《うわさ》好きの隣人というのは正直少し面倒くさい。

けれど、すぐに崇史さんは、まあ郊外の一軒家であればこんなものかもしれないな、

と思い直した。都内の賃貸マンションでの暮らしが長くなるにつれて忘れかけていたが、思い返してみれば実家での近所付き合いはもっと濃密だった気がする。

「あ、そうだ。ちょっと待ってて」

女性は突然言って家に引き返すと、数十秒後、洋菓子の詰め合わせを片手に戻ってきた。そのままごく自然な動きで箱を妻に差し出す。

「これね、実はいただきものなんだけどわたしと主人じゃ食べきれないからどうしようかなって思ってたの。よかったら召し上がって？」

「え、でも……」

妻が困惑した表情を崇史さんに向けてきた。すると女性は妻から崇史さんに向き直り「ほら、遠慮しないで」と胸の辺りに箱を押しつけてくる。崇史さんは面食らい、思わず「そんな、こんなふうにお騒がせして、むしろ僕たちが何かお持ちするところなのに」と口にしてから、自分の言葉に「ん？　そうか？」と思った。今日はあくまでも物件の内見に来ただけで、まだ契約するかも決めていないのだから、この時点で隣人に挨拶《あいさつ》に出向くというのもおかしな話だ。

だが、女性はさらに箱を崇史さんに突き出してにっこりと笑った。

「本当にもらってもらえたら助かるのよ。このままじゃダメにしちゃって申し訳ないと思っていたところだったの」

「あ、でしたら……すみません、ありがとうございます」

崇史さんは恐縮しつつも受け取る。女性は「ああ、よかった」と胸に手を当てて文字通り胸を撫《な》で下ろした。

「これから、どうぞよろしくお願いしますね」

そう満足そうに締めくくり、会釈《えしゃく》をしながら家へ戻っていく。

残された崇史さんたちは、顔を見合わせた。

「どうしよう、もらっちゃったよ」

崇史さんが妻に向けて箱を掲げると、妻はなぜか担当者に「いいんでしょうか」と尋ねる。担当者は「いいと思いますよ」とうなずき、「お隣さんがいい方のようで安心ですね」と目尻《めじり》を下げた。

「実際のところ、ご近所トラブルで頭を悩まされる方って少なくないんですよ。特に、新築で複数のご家族が一斉に入居される場合は、お隣がどんな方になるかわかりませんからね。そうした意味でも中古というのは、予《あらかじ》め住環境を正確に把握できるのがメリットの一つだと思います」

そう言われると、崇史さんも、なるほど、という気になってくる。だが、菓子箱を抱えたまま女性が消えた玄関ドアを見つめているうちに、そういえばあの人は出かけるつもりで出てきたわけではなかったんだろうか、という疑問が湧《わ》いてきた。それとも、出かけるつもりで出てきたものの、思わず家に戻ってしまい、もう一度は出てきにくくなってしまったんだろうか。

表札に〈前原清次郎、寿子、康司郎〉という名前が並んでいるのを見て、あれ、と思った。オダさん、という名前が脳裏に浮かび、それが彼女の名前ではなくもう一人の隣人の名前だったことに気づく。同時に、彼女――表札からすれば、寿子《としこ》さんだろう――は結局オダさんについて話すばかりで自分の名前は名乗らなかったのだと思い至った。

こちらだって名乗ってはいないのだから、それ自体は不思議なことでも何でもない。むしろ、ただ内見に来ただけの段階なのにもう片方の隣人の職業まで知ってしまい、おすそ分けまでもらってしまったことの方に落ち着かなさを覚えた。

その日の帰り道、妻とは少しびっくりしたねと語り合った。

だが、やはり物件の話になると、これ以上希望に沿う物件にはこれからも出合わないのではないかという意見で一致した。何より、当初は希望として出していなかった4LDKという間取りが、一度提示されてしまうとひどく魅力的に思えた。できれば今後、子どもは二人くらい欲しいねと話している。そうなれば部屋数は多いに越したことはない。

それに、寿子さんに対しては少し驚いたというだけで別に不快感を覚えたわけではないのだ。世の中にはかなり困った隣人がたくさんいるという話だし、それに比べれば取るに足らないレベルだろう。

結局、崇史さんたちはそう結論を出して購入を決めたのだった。


そして実際に入居してしばらく経《た》つと、崇史さんは自分たちの決断が正解だったと感じるようになった。

妊娠していることがわかった妻にとって、寿子さんはとても頼もしい存在になったのだ。

そもそも妻の妊娠が判明したのも、寿子さんのおかげだった。妻は生理不順なところがあり、妊娠してもすぐにはわからなかったのだが、ある日突然寿子さんが「もしかして、おめでた？」と訊いてきたのだ。

訊かれてすぐは、もしかしてお腹《なか》まわりが太ったということだろうかと不快そうにしていた妻も、調べてみて本当に妊娠だとわかると驚いた。「どうしてわかったんですか?」と尋ねると、寿子さんは「わたしね、昔からこういう勘が鋭いのよ」と笑う。「それより、つわりとかが大変なときは遠慮なく頼ってね。ちょっとしたおかずとか、簡単なお弁当くらいなら作ってあげられるから」

「ありがとうございます」

「あ、遠慮してるでしょう? 本当に遠慮しなくていいのよ。わたしだって息子を産んだときはまわりの人に助けてもらったんだから。こういうのはお互いさま」

そんな会話を交わしたと妻から聞き、崇史さんは初対面のときに少し面倒な人だと考えたことを申し訳なく思った。

崇史さんの実家は山梨だし、妻の実家は福岡だ。出産の前後は里帰りをするにしても、その前の妊娠期やその後の育児はこの家で親の助けなしに乗り越えるのだと思うと、頼りになる育児経験者が近くにいてくれるのは本当に心強いことに思えた。

実際、寿子さんは何度となくおかずを差し入れてくれ、妻が切迫流産になってしまったときには車で病院に運んでくれもした。妻が要安静を告げられると家事を手伝ってくれるようにもなり、体調が落ち着いて無事に安定期に入ってからは、お下がりをくれるようにもなった。

そのお下がりは既に成人しているという寿子さんの長男が赤ちゃんの頃のものだそうで、肌着などはさすがに使うのに抵抗を覚えたし、木製の起き上がりこぼしにも裏にマジックペンで名前を塗りつぶしたような跡があったりして戸惑ったが、妻はレトロなデザインがかわいいと気に入ったようだった。

だが、そんなある日のこと。

いつものように仕事で遅くなった崇史さんが家に帰ると、空気が奇妙に張り詰めているのを感じた。

リビングも、電気がついているにもかかわらず心なしか暗い印象を受ける。間違えて一段暗くなってしまっているのだろうかと思って照明のリモコンを手に取り、全灯ボタンを押したものの明るさは変わらず、気のせいかと考えたところで妻のため息が響いた。

その、あからさまにもの言いたげな様子に、崇史さんは話を聞く前からげんなりする。

妻は、何か不満があるときはこうしてまず態度で示してくるようなところがあった。

直接は言葉にせず、察しろ、とでもいうような気配を出し、「何だよ」と尋ねるとようやく話し出すのだ。

崇史さんとしては、言ってもらわなければわからないのだから最初からきちんと言葉にしてほしいと思うのだが、妻は必ず毎回この手順を取る。元々の不満が一だとすれば、それを察しなかったことへの不満が三くらいな感じで、しかも理由を尋ねるのが嫌で不満そうな態度に気づかないふりをしていると、それがどんどん膨らんでいく。結局いつも崇史さんが根負けして理由を尋ねる形になり、妻は苛立《いらだ》ちをあらわに理由を「教えてくれる」のだった。

——今回は、一体なんだろう。

崇史さんは、自分もため息をつきたくなるのをこらえながら考える。帰るのが遅かった、帰宅時間がいつ頃になるかという連絡がなかった、あなたがそんなんじゃこれから出産するのが不安になる——これまでに言われたことがある不満を思い返し、一日分以上の疲れがどっと押し寄せてくるのを感じた。

妻も初めての妊娠でいろいろと不安なのはわかるし、妊娠中はホルモンバランスが崩れて情緒不安定になりやすいという話も聞いたことがある。とはいえ、こうしてわざわざねばついた責め方をされるのは理不尽かつ不毛にしか思えないのだった。

「遅くなって申し訳ない」

崇史さんはひとまず、自らのつま先に視線を落としながらそう言った。そうじゃない、という答えが返ってくるのを半分予想しながら。

だが、返ってきたのは「今まで何してたの」という低い声だった。

「何って？」

崇史さんは咄嗟《とっさ》に訊き返しながら顔を上げる。何を訊かれたのかわからなかった。仕事帰りなのだから、仕事に決まっている。それとも、帰りが遅いと責めているつもりなのだろうか。たった今、謝ったばかりなのに？

「今日は早く上がりたいと思ったんだけど打ち合わせが長引いたんだよ」

「打ち合わせって、どこで？」

「は？　普通に会社だけど」

崇史さんは答えながら眉《まゆ》をひそめた。一体、なぜ妻がこんなにも突っかかってくるのかわからない。

「何なんだよさっきから。言いたいことがあればさっさと言えよ」

崇史さんは今度こそこらえきれずにため息をついた。スーツの上着を脱ぎ、ソファの背に投げるようにしてかける。

「飯まだだから先に食ってから、」

「ごはんならもう食べたんでしょう？」

妻がかぶせるようにして言った。

「どうして嘘《うそ》をつくの。食べたのに食べてないふりをするなんて、やっぱり疚《やま》しい気持ちがあるってことじゃない」

「……おまえ、何言ってんだ？」

宗史さんは本当に何を言われているのか理解できなくて、尋ね返す。だが、妻はキッと視線を尖《とが》らせ、「ごまかさないで」と声を荒らげた。

「寿子さんから聞いたんだから。あなたが夜の八時過ぎに女の人と仲良くごはんを食べているところを見たって——もしかして浮気してるんじゃないのって」

「は？」

あまりに予想外の単語に、思わず声が裏返った。

「何だそれ」

考えるよりも先に、口からつぶやきが漏れる。寿子さん？　浮気？　一体何の話が始まったのか。

宗史さんは目をしばたたかせた。

まったく、身に覚えがない。浮気も何も、妻と結婚して以来、浮いた話など一つもないのだ。会社の同僚と昼食に行くことはあり、それが女性であることもあるが、当然昼間の時間帯だし店も職場近くの定食屋やカジュアルなイタリアンなどで、デートらしい雰囲気など皆無だ。

それに、先ほど妻が『今まで何してたの』と訊いてきたということは、寿子さんが見たというのは今日の夜の話なのだろう。だとすれば、完全に自分ではあり得ないと断言できる。少なくとも今日は夕食はまだ食べていないし、昼食も一人で立ち食いそばで済ませたのだから。

「何を見たんだか知らないけど、見間違えだろ。俺は普通に仕事してたんだから」

だが、毅然《きぜん》と主張したはずの声は、自分の耳にも微かにかすれて聞こえた。まるで、疚しいところでもあるかのような響きに、咄嗟に、まずい、と思う。

「そんなに疑うなら会社に電話してみればいいだろ。誰か証言してくれるはずだから」

慌てて続けると、妻の視線が冷たさを増した。

「そんなに疑うならって、まだちょっと訊いただけじゃない」

その白けたような口調に崇史さんは眩暈《めまい》を覚える。

――何なんだ、これは。

自分は本当のことしか言っていない。身に覚えがないからそう主張しているだけだ。なのに、なぜ言えば言うほど嘘みたいになってしまうのか。

「俺のことが信じられないのかよ」

崇史さんは、腹の底に力を込めて声をしぼり出した。

「俺の言うことより、隣に住んでるだけの人間の言うことを信じるのか」

ようやく、妻の視線が泳ぎ始める。

「私だって、寿子さんの考えすぎだろうって思ったけど……でも、あなたが嘘をついたりするから」

「だから嘘なんてついてないって言ってるだろ。俺は本当に今日はまだ夕飯食ってないんだよ」

「でも、寿子さんは絶対に崇史さんだったたって言うし、妻の妊娠中に浮気する人って多いって聞くし……それに、火のないところに煙は立たないっていうじゃない」

その口調から責める色が消えたのを感じ取った途端、崇史さんは身体《からだ》から力が抜けていくのを感じた。

要するに、妻は隣人の「告げ口」を真に受けたのだ。少なくとも、直接確認せずにはいられないくらいには。

その程度にしか信用されていなかったのだ、と思うと、ただの見間違えをすぐさま妻に伝えたという隣人への怒りよりも、虚《むな》しさの方が膨らんだ。


翌日の昼食時、社外での打ち合わせから帰る流れで同席することになった同じチームの同僚に昨晩の出来事について漏らすと、同僚は「きゃー、修羅場じゃない」と歓声を上げた後、「で？　本当のところ浮気はしたわけ？」とショートボブの髪を揺らして身を乗り出してきた。

崇史さんは深くため息をつき、「だからしてないって」と答える。同僚は「冗談よ」と笑いながら腕を叩《たた》いてきたが、完全には信じきっていないのは明らかだった。そのことにますますげんなりする。

崇史さんの頭の中には、『火のないところに煙は立たないっていうじゃない』という妻の言葉が蘇《よみがえ》っていた。たしかに、自分も立場が違えばそう考えていただろう。そんな妙な目撃談が出てくるからには、何らかの原因があるのだろう、と。そして、一度でも浮かんでしまった疑念は、もはや本人にも完全に消し去ることはできないのだ。

そう理解できるからこそ、どうやって疑いを晴らせばいいのかわからない。

肩を落として塞《ふさ》ぎ込んでいると、同僚はさすがに不憫《ふびん》に思ったのか、「まあ、とにかく一度きちんとその隣の人と話して人違いだって伝えておいた方がいいよ」と真顔に戻って言った。崇史さんは「まあ、そうだよな」と低くうなずく。

そう、このまま放置しておいて下手に噂を広げられても困るのだ。今面と向かって話そうものなら感情的になりかねず、けれどこれからも関係を続けていく隣人である以上あまり角を立てられないとなると憂鬱《ゆううつ》ではあったが、誤解を解くなら早い方がいいのはたしかだ。

早めに仕事を切り上げ、まずは誤解であることを説明して最後は今後とも妻のことをよろしくお願いしますと締めくくろうと考えながら帰宅前に隣の家のチャイムを鳴らすと、『……あら』と寿子さんはインターフォン越しに強張《こわば》った声を出した。

インターフォンが切れて気配が近づいてくるのを感じ、崇史さんはさてどう切り出すかと身構える。どうも今の様子であればあちらも身構えているようだから、いきなり本題から入ってもいいかもしれない、と考えたところで扉が開き、エプロン姿の寿子さんが現れた。

「あらあら、崇史さんじゃない。どうしたの？　珍しい」

寿子さんはインターフォンの時点でわかっていたはずなのに、改めて驚いたような顔をしてみせる。

「どうも、夕飯時にすみません」

崇史さんは小さく頭を下げてから、「ちょっとお話ししたいことがありまして」と続けた。それから唇を舐《な》め、「えーと、昨日の夜、妻からおかしな話を聞いたもので」と切り出す。

「いや、何でも妻は僕が浮気していると思ったみたいなんですよ。それで話を聞いたら、寿子さんから聞いたと言っていまして……僕としてはまったく身に覚えがないことなので、一体何がどうなってそんな誤解が生まれちゃったのかな、と」

できるだけ責めるような形にならないよう、言い方にも声音にも気を遣ったつもりだった。それでも、身に覚えがない、というところと、誤解、というところは意識的に強調する。

だが、寿子さんは怪訝《けげん》そうに目を細めた。

「誤解？」

「ええ、人違いだと思うんですよ。僕が昨日の夜八時に女性と夕食を食べているところを見たという話ですけど、僕はその時間会社で仕事をしていたので」

崇史さんはあえてゆっくりと説き伏せるように話す。

「その後も仕事が終わってすぐに会社を出て帰ってきましたし、」

「でも本当に見たのよ」

寿子さんが鋭く遮った。

「昨日の夜八時に、あなたが若い女の人と楽しそうにレストランに入っていくところ。時計だって確認したんだから、たしかな時間よ。それだけなら、まあただの食事かなとも思ったんだけど、由美《ゆみ》ちゃんに話したらあなたは仕事中のはずで今日も家で夕食を食べる予定になっているっていうじゃない」

妻の名前を親しげに呼んで、崇史さんをキッとにらむ。

「おかしいでしょう、奥さんに嘘をついて女の人と会っているなんて」

「ちょっと待ってください！」

崇史さんは慌てて言葉を挟んだ。

「絶対それ僕じゃないですよ。夜の八時は確実にまだ会社にいましたし」

「だけど見間違えなんかじゃないのよ。わたしも、まさかって思ってよく見たんだから」

寿子さんは不満そうに語調を強める。

「あなたはスーツ姿で、女の人の方は綺麗《きれい》なおかっぱで、茶色いニットアンサンブルにベージュのフレアスカートを合わせていて、ピンク――サーモンピンクっていうのかしら、ああいう少し黄味がかったピンク色のショルダーバッグを持っていて」

記憶を探るように左上の宙を見ながら、いやに具体的に説明していく。

「そうそう、その女の人があなたの腕を叩いたりしていてすごく親しそうだから最初は由美ちゃんが髪を切ったのかと思ったのよ。それで挨拶でもしようかと思って正面に回り込んだら、全然違う女の人じゃない。びっくりしてもう一度あなたの顔を見たの。後ろ姿とかじゃなくて正面からよ。これでもまだあなた、しらばっくれるつもり？」

「しらばっくれるって……」

崇史さんは絶句する。

――何言ってるんだ、この人。

背筋を、冷たい汗が伝い落ちていくのがわかった。

やはり、どう考えても寿子さんの言うことはひどい誤解に基づいているとしか思えない。その時間は会社を出ていない以上、その男が自分であるはずがないのだから。

だが、どう説明すればわかってもらえるのか。

話がいやに具体的なところをみると、寿子さんからすれば実際に目にした光景なのだろう。作り話をしているわけではなくて、おそらく本当に自分の話こそが真実だと信じ込んでいるのだ。

崇史さんはゾッとした。これなら、妻が信じてしまったのも無理はないのかもしれない。

「でも、本当に人違いだと思います。昨日は九時過ぎまで会社にいましたし……もしどうしても信じられないのであれば、同僚に証言してもらうことも可能ですが」

崇史さんは渋々口にした。本当に証言を頼むことになったらみっともないが、昼間に話をした同僚であれば引き受けてくれるだろう。

りれど、そう考えた瞬間、

「その人が嘘をついていないって証明できるの」

寿子さんはじっとりとした目を崇史さんに向けて言った。

「そんなの、あなたがごまかしてくれって頼んだらいくらでも口裏を合わせられるじゃない」

「そんなことを言ったら、僕が妻に内緒で女性と会っているところを見たっていうあなたの話だって証拠なんかないでしょう」

「開き直る気なのね？」

寿子さんがサッと表情を険しくする。崇史さんは「は？」と目を丸くした。

「いや、開き直るとかそういうことじゃなくて、ただ、言っていることが信じられないんだとしたらって話で……」

「あなたに嘘をつく理由はあるかもしれないけど、わたしには嘘をつく理由なんてないじゃない」

「僕にだって嘘をつく理由なんてないですよ。まったく身に覚えがないんだから」

崇史さんは必死に繰り返しながら、悪魔の証明だ、と視界が暗くなる。ないことを証明するのは、こんなにも難しいのだ。

――こんな家を買わなければ。

ふいにそんな思いがこみ上げてきて、口の中が苦くなった。独身時代から何年もかけて貯《た》めたお金を頭金にし、たくさんの物件を見て回り、やっと決めて購入した家。それなのに、こんな隣人とこれからもつき合い続けていかなければならないのか。

だが、簡単に引っ越すことなどできないのだ。買い手が見つからなければ新しい家を買うお金など捻出《ねんしゅつ》できない。あれだけ時間をかけた家探しをまた一からやり直すのかと思うだけで心底うんざりする。

崇史さんは鈍く痛み始めたこめかみを指の腹で押しながら、「とにかく」と叩きつける声音で言った。

「おっしゃっていることは事実無根です。そんな根も葉もない話を妻にされるのは困ります。妻は大事な時期なんですから」

最後に続けたひと言で、ようやく寿子さんが言葉に詰まる。

崇史さんは長く息を吐いた。

「いつもお世話になっていることには本当に感謝しています。今回は僕も感情的になってしまって申し訳ありませんでしたが、これからも隣人としてどうぞよろしくお願いします」

感情を抑えた声で言いながら頭を下げると、寿子さんの方から「ええ……」と小さな声が返ってくる。

崇史さんはそれ以上続けられる前に、さっさと踵《きびす》を返して自宅へ向かった。

一体何だったのだろう、という思いはその後も残った。

他人の空似というやつだろうか。あるいはドッペルゲンガー？　昔何かの本で読んだことがある言葉を思い浮かべ、そんな自分に苦笑する。

完全に疑いが晴れたわけではないにしろ、ひとまず落ち着いたのだろうと思っていたからこそ考えられたことだった。

だが、話は終わっていなかったのだ。

寿子さんが崇史さんの家を訪ねてきたのは、崇史さんが説明に行った日から三日後、土曜日の朝八時のことだった。

崇史さんも妻も起きてはいたが、突然約束もなしに他人の家を訪れるには非常識な時間だ。崇史さんと妻は顔を見合わせ、先に玄関に向かおうとした妻を制する形で崇史さんが出た。

「おはようございい……」

「やっぱり見たのよ！」

崇史さんがとりあえず朝の挨拶をしようとしたのを遮って、寿子さんが声を張り上げる。

「今度こそ見間違いなんかじゃない。昨日の夜のことよ。顔だってよく見たんだから。ほら、このほくろ、これがちゃんとあった」

ほとんど突くような勢いで指さしてきたのは、崇史さんの目の下にあるほくろだった。いわゆる泣きぼくろというやつで、崇史さん自身にとってはコンプレックスでもあったので余計に不快になる。

「何なんですか一体」

顔を背けながら寿子さんの手を払い除《の》けた。それほど強い力ではなかったはずだが、寿子さんが「きゃあ」とまるで少女のような悲鳴を上げてよろめく。その妙に芝居がかった仕草にカッと頭に血が上ったところで、リビングから妻が「寿子さん」と出てきた。

「あ、由美ちゃん！」

寿子さんがパッと顔を上げ、飛びつくようにして妻にしがみつく。

「あのね、やっぱりわたし見たのよ。この人があの女と会っているのを」

「いい加減にしてくださいよ！」

思わず崇史さんは怒鳴り声を上げた。妻が身を縮め、寿子さんが顔をしかめる。

「大きな声を出さないでよ」

「何を勘違いしているのか知りませんけど、本当に事実無根なんですよ。あんた、頭がおかしいんじゃないのか」

「ちょっと、崇ちゃん……」

「証拠を出してみろよ！」

崇史さんはこらえきれず、腕にまとわりついて制止してくる妻に構わず寿子さんを威圧した。

「わざわざ蒸し返してくるくらいだから証拠があるんだろ？」

口にしてから、自分がまるでドラマに出てくる悪役のようだと心底嫌になる。

「証拠は……」

寿子さんはうつむいて口ごもった。

「違うのよ、本当はあったの。今度こそ証拠をつかまなきゃって思って携帯で写真を撮ったんだけど、なぜか上手《うま》く撮れなくて……」

途端にしどろもどろになった寿子さんに、崇史さんは小さく鼻を鳴らす。

「な？　やっぱり嘘なんだよ」

妻を振り向き、唇の端を歪《ゆが》めるようにして持ち上げた。

「ただの見間違えなのに騒いで後に引けなくなったから嘘をつくことにしたんだろ」

「違う！　見間違えなんかじゃ……」

「じゃあ最初から嘘ですか」

崇史さんは揶揄《やゆ》する口調で言う。頭の片隅では、こんな言い方をしてはいけない、これからもご近所付き合いは続けていかなければならないのだから穏便に済ませなければ、と思うのに、もう止められなかった。目の前の憎らしい女を叩きのめしてやりたい。

「道理でおかしいと思ったんだよ。あんた、正面から俺の顔を見たって言ってたけど、それならさすがに俺だって気づかないわけがないじゃねえか」

「何でわたしが嘘なんかつかないといけないのよ」

「知らねえよ、由美への嫌がらせとかじゃねえの」

「何よそれ、私が嫌がらせされるような人間だっていうの」

眉毛《まゆげ》を吊《つ》り上げて嚙《か》みつくように言ってきたのは妻だった。崇史さんは舌打ちをしそうになる。面倒くせえな。何でそんな話になるんだ。

「そうじゃなくて、ただの八つ当たりみたいなもんだろ。自分は旦那と上手くいってないのに、幸せそうな新婚夫婦がきたからとか」

「私たちのどこが幸せそうなのよ！　こんなの最悪じゃない！」

妻は髪を振り乱して叫んだ。

崇史さんは、呆然《ぼうぜん》と言葉を失う。

――何を言っているのだろう。

幸せじゃなくなったのは、この女がおかしなことを言い始めたからだ。そんなことがあるまでは幸せだったはずだ。なのに今の状態を理由に過去を否定するのは、明らかに順序がおかしい。

急に、感情が冷めていくのがわかった。頰から力が抜けていき、必死に弁明していたことさえも馬鹿《ばか》らしくなってくる。

こんな女だったのか、という思いが胸の内に浮かんだ。

隣人に嘘を吹き込まれたくらいで夫を疑い、よくわからないことに嚙みつき、話の時系列さえあやふやになってしまうような女と自分は一生添い遂げるつもりでいたのか、と白けた気持ちで考え、そんなふうに考えた自分にも嫌気がさす。

ダメだ。崇史さんは思考を振り払おうとした。自分はこのままだと本当に妻のことが嫌いになってしまう。一度嫌いになってしまったら、一緒にいることが苦痛になってしまう。これから、子どもだって産まれてくるのに。

——ああ、そうだ。

妻は妊娠中で情緒不安定になってしまっているだけなのだ。崇史さんは自分に言い聞かせるように考えた。きっと、無事に子どもが産まれてくれれば落ち着くに違いない。このあらぬ疑惑だって、本当に事実無根なのだからいつかは晴れるはずだ。

「由美ちゃん、由美ちゃん」

いつの間にか泣き出している妻を、隣の家の女が抱きかかえるようにしてなだめている。

その姿を目にしていると再び苛立ちが湧いてきそうで、崇史さんは顔を背けた。

結局、崇史さんはそのままやり過ごすことにした。

正確に言えば、それ以外にどうすればいいのかわからなかったのだ。

できることがあるとすれば、これ以上疑われないために早く帰るようにするくらいしかなかった。

残業をしていると、今頃妻はありもしない浮気を疑っているのだろうかと嫌な気持ちになってくる。自分は妻と、これから産まれてくる子どものために必死に働き、お金を稼いでいるというのに、そうやって仕事をしている時間、感謝されるでもなくむしろ疑われているのだと思うとたまらなかった。

けれど、早く帰ったら帰ったで、「早く帰ろうと思えば帰れたんだね」などと嫌味を言われたりする。腹が立ったものの、怒りをあらわにすれば泣くだろうと思うとそれも面倒で、ひたすら黙って食事をし、風呂《ふろ》に入り、早めに休むことにした。だが、そうすれば今度は「私の話を聞いてくれない」と文句を言い出す。

家にいる時間が苦痛になって、また帰る時間がずるずると遅くなると、言葉にこそしないもののやはり明らかに疑うような態度を取られ始める。次第に崇史さんは、こんなことなら本当に浮気でもしていればよかったと思うようになった。

理不尽な疑いをかけられているからこそ納得がいかないのだし、まったく疚しいところがないからこそ妻の態度に腹が立つのだ。だったらいっそ、本当に浮気をしてしまえば、むしろ妻に対して優しい気持ちになれるのではないか。

こんなふうに日々ぎくしゃくして過ごすよりは、妻だってよほどいいはずだ。

そう考えて、会社の同僚を飲みに誘おうかと思い——だが、そこで思いとどまったのは、やっぱり浮気していたじゃないかと思われることになるのが癪だからだった。

ここで浮気をしてしまえば、本当に浮気なんてしていなかった頃の話も嘘のようになってしまう。

それだけは嫌で、結局そのままやり過ごすことにしたのだった。

だが、そんな日々は、ある日突然途切れた。

妻が流産してしまったのだ。

何でこんなことに、と思わずにはいられなかった。

だが、すぐに崇史さんは自分を責めるようになった。

どうしてもっと、妻に寄り添ってやれなかったのか。浮気を疑われたことには腹が立ったけれど、妻からすれば妊娠中に夫が浮気していると聞かされてさぞ不安だったことだろう。聞いた話がいやに具体的だったのだから尚更《なおさら》だ。

信じたくないと思いながら、どうしても完全に疑いを払拭《ふっしょく》することができない——それは、妻の立場に立ってみれば容易に予想がついたはずだった。自分だって、仕事をしている間に妻が他の男と浮気しているところを見たと言われたら、妻がそんなことをするはずはないとは思いながらも、どこかで疑ってしまっただろうから。

なのになぜ、そんな妻の不安が拭えるように努力するでもなく、苛立ちばかりを募らせてしまったのか。

まるで、憑《つ》き物が落ちたように、妻への怒りは消え失《う》せていた。

ごめんな、俺がもっと信じてもらえるように向き合うべきだったな、と繰り返す崇史さんに、妻もまた憑き物が落ちたように「ごめんなさい、私が悪いの」と繰り返した。

「落ち着いて考えてみれば、あなたが浮気なんてするはずがないのに、あなたは仕事を頑張ってくれていただけだったのに……どうして信じてあげられなかったんだろう」

「それは仕方ないよ。誰だってあんなふうに話されれば信じられなくなる」

「でも、私がゆったりと構えていられたら……」

「由美のせいじゃないよ」

崇史さんは泣きじゃくる妻を抱きしめながら、自身も滲《にじ》み出てくる涙を拭った。

産まれてくるはずだった我が子。

性別が女の子らしいとわかって、どうしても待ちきれずに買っちゃった、とかわいいピンク色のベビー服を広げてみせていた妻。

既に安定期に入っていたから、職場にも報告していた。流産してしまったと連絡し、数日間仕事を休ませてもらえないかと頼むと、上司は「こっちのことは大丈夫だから奥さんをいたわってやれ」と心のこもった口調で言ってくれた。

崇史さんは妻と一緒に赤ちゃんのための小さな葬儀を行い、その後の三日間、妻をつきっきりで看病した。身体中の水分をすべて出し尽くしてしまいそうな勢いで泣き続ける妻の肩を抱き、妻が泣き疲れて寝てしまえば、そっとインターネットで流産経験者のサイトを見て回り、どんな言葉をかけてほしかったかを調べてみたりもした。

だが、いつまでもそうして仕事を休み続けているわけにもいかない。

流産から四日後、崇史さんは後ろ髪を引かれながらも出社した。休んでいる間仕事をフォローしてくれた上司や同じチームの同僚に改めて礼を言い、とにかく急ぎで片づけなければならない仕事を必死に進めていく。昼食も摂《と》らずに働いても仕事の山は消えず、けれどそれでも残業はせずに帰宅した。

駅前のスーパーで夕食と翌日の日中に妻が食べられそうなものを買い込み、ほとんど駆け足で帰ってきて玄関の扉を開けた瞬間──崇史さんは玄関に見知らぬ白いサンダルがあるのに気づいた。

──まさか。

靴ではなく、サンダル。ごく近所から来たのだろう来客の顔を思い浮かべた途端、血が沸騰《ふっとう》するような感覚を覚える。

靴を脱ぎ捨てて廊下を大股《おおまた》に進み、リビングのドアを開け放つと、案の定ソファには寿子さんの姿があった。

寿子さんは、崇史さんが帰ってきたことはわかっただろうに、振り返るでもなく妻の手をさすっている。

「だいじょうぶよ、だいじょうぶ」

その、幼い子どもを慰めるような声に、目の前が一瞬にして真っ赤に染まった。

――一体、誰のせいでこんなことになったと思っているのか。

「……あんた」

どう考えても、このおかしな隣人のせいだった。この女さえ意味のわからないことを言い出さなければ、自分と妻はそれまでと変わらず仲睦《むつ》まじくいられたはずだった。そうしていれば――赤ちゃんが死ぬこともなかったんじゃないか。

焦点が上手く合わなくて、ふいにリビングの隅の起き上がりこぼしの赤が目に飛び込んできた。その上で一瞬だけクリアになった視界が、またすぐにぶれる。

「一体どの面《つら》下げてここに……」

「ひぃ！」

突然、寿子さんが悲鳴を上げた。滑稽《こっけい》なほど大仰に身を縮め、妻の腕を引く。

「由美ちゃん、由美ちゃん逃げて！」

「は？　あんた何言ってんだ」

祟史さんは心底意味がわからず妻に二歩歩み寄った。すると「ひぃ！」と再び寿子さんが声を裏返らせる。

崇史さんが思わず足を止めるのと、寿子さんが妻にしがみつくようにして金切り声を上げたのが同時だった。

「あなた、女の人を殺したでしょう！」

「はあ？」

崇史さんは首を前に突き出す。

「何言ってんだ。あんた、正気か」

「ごまかさないで！　わたし見たのよ、あなたが恐ろしい形相をして女の人を突き飛ばして、その人の頭から血が出て――あなた、『まさか、死んでないよな』って声を震わせてたじゃない。『変な小芝居はやめろよ』って……どうせ浮気のことがバレて別れようとしたけど上手くいかなくて面倒くさくなったから殺したんでしょう――あ、違う。あの人とは別の人……あなた、他にも女の人がいたのね。由美ちゃん、騙《だま》されちゃダメよ。この人は殺人犯なんだから」

寿子さんは白い唾をまき散らしながらまくし立てた。崇史さんは、反射的に後ずさりたくなるのをこらえる。この女は一体何なのか。何を言っているのか。

「ちなみに、それはいつの話なんですか？」

ひとまず反証の材料を探すために尋ねると、寿子さんは、

「たった今よ！」

と叫んだ。

崇史さんはもはや言い返す気も起こらず、妻に顔を向ける。妻も明らかに怯《おび》えた表情を寿子さんへ向けていた。

とにかく、まずは妻からこの女を引き剝《は》がさなければ、と妻の全身へ視線を滑らせた瞬間、崇史さんは妻の両手に手のひらから少しはみ出るくらいの大きさの御札があることに気づく。崇史さんは目をすがめた。御札そのものはもちろん、そこに書かれている文字にも見覚えがない。

「何だ、それ」

「あ、これは寿子さんが……」

妻は困惑をあらわに言って御札を床に置こうとした。その途端、

「ダメよ身体から離したら！」

寿子さんがものすごい剣幕で妻に怒鳴る。

「今説明したでしょう？　それは由美ちゃんを守ってくれるものなのよ。ね、絶対に疑ってはいけないの。心から信じておすがりするのよ。わたしも幼い頃から勘が良す

ぎるところがあって苦労していたんだけど、シンドウさまにお導きいただくようになってからすごく楽に生きられるようになったの。由美ちゃんもつらいことがあったと思うけど、シンドウさまにおすがりすればだいじょうぶだからね」

シンドウさま――耳慣れない響きに、喉仏《のどぼとけ》が上下する。

まさか、と思った途端、足元から冷たいものが這《は》い上がってくるのがわかった。

――まさか、これが目的だったんだとしたら。

執拗《しつよう》に繰り返された嘘の目撃談、そのせいで自分たち夫婦の関係が歪められてしまったこと、そして流産までしてしまった妻に押しつけられた奇妙な御札――崇史さんの脳裏に、ある一つの可能性が浮かぶ。

そう言えば、わざと相手を不幸にしてから勧誘する新興宗教があるらしい、と聞いたことがある。

そこまで考えて、ハッとリビングの隅を振り向いた。

赤い起き上がりこぼし――その裏にあった何かを塗りつぶしたような跡。

指先が細かく震え出す。もし――それ以上は考えたくなかった。けれど、考えまいとしても、思考が勝手に進んでいってしまう。もし、あの下に隠されていたのが、「呪《のろ》い」のようなものだったとしたら。

いや、違う。問題はそこではないのだ。原因が呪いのようなものだったのか、そうではなかったのかなんてことは、結局のところ判断のしようがないし、どうでもいい。問題は——今、この女が自分たちの家の不幸に付け込もうとしているということだ。人の不幸を喜び、付け入る隙《すき》だと考えていること。

崇史さんはリビングの奥へと踏み込んでいき、妻の分とは別の御札を抱えている寿子さんを妻から引き剝がした。

「あ！」

大声を出した寿子さんの手から御札が床に落ち、よろめいた寿子さんがその上に尻もちをつく。

「ああ！　何てことを！」

寿子さんが悲愴《ひそう》な声を上げながら飛びすさり御札を拾い上げた。滑稽にさえ映る動きで紙をこすり、皺《しわ》を伸ばそうとする。

「ああ、どうしよう、こんな……ああ」

「さっさとそれを持って出ていってくれ」

崇史さんは寿子さんを背後から羽交い締めにするようにして、玄関へと引きずっていった。寿子さんは「ああ……ああ……」と嘆く声を繰り返しながら両手をばたつかせる。構わず家の外へと連れ出し、玄関から白いサンダルを拾い上げて寿子さんの顔の前に突き出す。

踵を返しながら手を離した瞬間、サンダルが地面に落ちる音がしたが、そのまま家に戻ろうとすると、

「うあああああー!」

寿子さんがものすごい勢いで飛びかかってきた。

見開いた目を血走らせ、唇の端からは泡のような唾を垂れ流し、ほとんど絶叫とも言えるような声を出しながら両腕を伸ばしてくる。

瞬間、頭が完全に真っ白になった。

手のひらに何かが当たるような感触がして、低い叫び声が聞こえ、喉が鋭く痛む。

凶暴な野犬のようにとんでもない形相をした寿子さんの顔が少しずつ遠ざかり、やばい、と思い、ほんの少し遅れて、こわい、と思った。

自分が寿子さんを突き飛ばしたのだと認識したのは、後ろへとひっくり返っていった寿子さんの頭が玄関ポーチの石段の上で跳ねた瞬間だ。

その瞬間の音や声は、なぜかまったく聞こえなかった。

＊

という話を榊さんが崇史さんから聞いたのは、「殺人者の出会った怪異」という雑誌企画にライターとして参加したときのことだという。

タイトルは少し乱暴だが、要するに人を殺《あや》めてしまった人からその後に遭遇した怪異を聞き出そうという企画だ。

元々は雑誌の読者からの投稿で、殺人罪で服役していた知人が幽霊を見たという話がたまたま二件続いたことから、編集者が企画としてまとめようと立案したものらしい。当初はできれば連載にしてゆくゆくは単行本に、という狙《ねら》いで取材を始めたそうだが、実際に着手してみると、その二人の読者からはそれぞれその知人を紹介してもらって取材をすることはできたものの、それ以外の該当者を探し出すのに苦戦することになった。まず殺人罪、傷害致死罪で服役した人に話を聞くこと自体が大変で、さらにその中から怪異の話を聞き出すとなるとあまり数が集まらなかったのだそうだ。

また、何とか出てきた話も、毎夜夢枕《ゆめまくら》に立つ被害者にうなされて自首したという男の話や、実況見分中に被害者の霊を見てパニックになったという女の話、事件以来頭痛がひどく、薬を飲んでも治らなかったのが、逮捕された途端に治まったという話など、こう言っては何だが、話を聞く前から想像できる範疇《はんちゅう》を出ないものばかりだったという。本人から直接話を聞いている分には実話ならではの迫力があるのだが、いざ文章にしてしまうと急に陳腐な印象になってしまう。しかも、どれも「強い罪悪感によるものだろう」というひと言で片づけられかねない種類の怪異でもあり、結局、本にするという方向性は断念して単発の特集という形でまとめることにしたのだそうだ。

この崇史さんの話は、かなり長い時間をかけて詳細に聞き出したため榊さんとしてもテープ起こしをするのが大変だったそうだが、最終的には企画趣旨にそぐわないということで収録を見送ることになったそうだ。

呪い、というキーワードこそ出てくるものの、流産の原因は呪いよりも心労の方が印象として強いし、話の重心も、怪異についてよりも身に覚えのない嘘で追い詰められていく男の心理にあったからだ。

だが、話はそこで終わらなかった。

その特集が載った雑誌が発行されてからしばらくして、榊さんは別件で検察庁に訴訟記録を見に行くことになった。その際、ふと崇史さんのことを思い出して崇史さんの事件の記録も見てみようと思いついたらしい。崇史さんが傷害致死罪で四年六カ月間服役していたことは知っていたが、そう言えば裁判においてはどういう経緯で刑が確定したのだろうと思ったのだ。

榊さんが話を聞いた際の印象では、崇史さん自身は正当防衛だったと考えているようだった。被害者は中年女性、加害者は壮年男性、と体格、体力共に圧倒的な差があり、被害者は武器を使用していたわけでもなくただ飛びかかってきただけである以上、どう考えても正当防衛の要件は満たさないだろうが、それはそれとして崇史さんの主張はどう受け止められていたのか。

しばらく読み進めていくと、〈被告人の不貞行為は立証されなかった〉という文章は見つけられたが、〈被害者は宗教の勧誘のために自分たち一家を呪い、嘘の目撃談を妻に吹き込んで関係を破綻《はたん》させようとしていた〉という崇史さんの主張は一方的な思い込みとして退けられていたことがわかった。寿子さんが帰依《きえ》していたのは勧誘を奨励するような宗教団体ではなく一個人の霊能者で、近所の他の住人も寿子さんから勧誘されたことは一度もなかったと証言したためだ。

また、もし崇史さんが主張するように宗教の勧誘のために付け入る隙を作ろうとしていたのであれば、寿子さんがあのタイミングで「崇史さんが殺人を犯したところを見た」などと口にしたのは不自然である。既にあの時点で崇史さんの妻は弱りきっており、目的は達成されていたはずなのだから。

ただ、織田というもう一人の隣人の話によれば、彼女も寿子さんから身に覚えがない話をされたことが度々あるらしく、被害者に虚言癖のような性質があった可能性については言及されていた。

そのため、〈加害者は被害者の度重なる虚言により精神的に大きなストレスを負っていた〉という弁護側の主張がある程度加味され、求刑六年のところ最終的に懲役四年六カ月で結審したという。

なるほど、そういう流れだったか、と納得して閲覧を止めようとしたそのとき――

ふいに榊さんの視線が、訴訟記録の中のある一文に吸い込まれた。

〈被告人は「まさか、死んでないよな。変な小芝居はやめろよ」と口にし、三十分もの間救急要請を行わず――〉

榊さんは、眉根を寄せる。一瞬、奇妙な感覚を覚えた。

自分は、たしかこれと同じ言葉をどこかで耳にしなかったか。崇史さんからは事件直後の話は聞いていないはずだ。だったらどこで――

ハッと榊さんは息を呑《の》む。

『わたし見たのよ、あなたが恐ろしい形相をして女の人を突き飛ばして、その人の頭から血が出て——あなた、「まさか、死んでないよな」って声を震わせてたじゃない。「変な小芝居はやめろよ」って』

被害者である寿子さんが、事件の直前に口にしたという言葉。

そんな馬鹿な、と榊さんは思おうとする。そんなのはどう考えても時系列がおかしいではないか。

だが、同時に榊さんの脳裏には、寿子さんについて語られたいくつかのエピソードが蘇っていた。

『もしかして、新しく入居される方?』

寿子さんは崇史さんたちが物件の内見に訪れた際、そう声をかけてきたという。そして崇史さんが『まだ検討中で内見に来ただけ』だと説明したにもかかわらず、『これから、どうぞよろしくお願いしますね』と口にしていた。

また、まだ崇史さんの妻自身も妊娠に気づかなかった頃に、『もしかして、おめでた?』と口にし、『わたしね、昔からこういう勘が鋭いのよ』と言っていたという寿子さん。

さらに寿子さんは崇史さんが会っていたという女性について『綺麗なおかっぱで』と表現していた。そして、寿子さんが妻に告げ口した翌日、崇史さんが一緒に昼食に行ったという同僚の女性の髪型がショートボブだったということ。

「……予知」

榊さんは、口の中で小さくつぶやいた。

予知ができると自称する人間には、榊さんもこれまでに仕事で何人か会ったことがある。彼らの「予言」が本当に予知によるものなのか、それとも当てずっぽうがたまたま当たったのか、あるいは何らかのトリックが存在するのかは判断がつかなかったが、不思議だったのは、なぜ彼らがその「見えた」というものを「予知」だと断言できるのかということだった。

たとえば幽霊だったり妖怪《ようかい》だったりするような「この世ならざるもの」を見たのであれば、明らかに自分が見たものが現実ではあり得ないとわかるだろうが、見えるものが単なる未来だということは現実に起こり得るということであり、だったらなぜ現実と区別がつくのだろう、と思ったのだ。

もちろん、自分が見た後にしばらくしてそれとまったく同じ出来事が起これば、あれは予知だったのではないかと考えることはできるだろう。だが、それはあくまでも事後の話である。彼らはなぜ、そうした「後出し」ではなく、きちんと事前に「予言」ができるのか——とそこまで考えて、榊さんは、そう言えばある霊能者が「自分は霊がはっきり見える」と言っていたことを思い出した。彼によれば、霊はよく言われるように透けていたり足がなかったりするわけではなく、普通に生きている人間と同じような姿形で見えるのだという。だから初めはその存在が他の人には見えないのだということが理解できなくて苦労したのだそうだ。

——もし、寿子さんもそうだったのだとすれば。

寿子さんは崇史さんに証拠を出せと迫られた際、こう答えている。

『違うのよ、本当はあったの。今度こそ証拠をつかまなきゃって思って携帯で写真を撮ったんだけど、なぜか上手く撮れなくて……』

おそらく彼女は、自分が見ているものが未来の出来事だとは思っていなかったのだろう。だからこそ、その時点では嘘でしかないことを本当だと信じていたのではないか。

訴訟記録を押さえていた手が離れ、ページが独りでに閉じた。けれど、榊さんはそのまましばらく動くことができなかったという。

第四話　助けてって言ったのに

「小説新潮」二〇一八年一月号掲載

ネイルサロンで働く智世《ともよ》さんから聞いた話である。

智世さんが結婚して夫である和典《かずのり》さんの実家で義母の静子《しずこ》さんと同居し始めたのは、今から約一年前のことだった。

同居することにしたのは、実家の部屋が余っていたこと、実家の最寄《もよ》り駅が飯田橋駅で智世さんの勤務先である新宿に出やすいこともあったが、何より既に義父が亡《な》くなっていて、足が不自由な静子さんに一人暮らしをさせるのは忍びなかったからだ。

友人たちからは「いきなり姑《しゅうとめ》と同居なんてかわいそう」と言われたが、足を悪くするまでは着付けの仕事をしていたという静子さんは智世さんの仕事にも理解があり、息子夫婦のプライバシーを尊重してくれる人だったので、智世さんとしてはそれほど不安も不満もなかった。

実際、一緒に生活するようになってからも、静子さんとの間で何か揉《も》め事が起こることはなかったという。むしろ静子さんとは実母とよりも気が合うほどで、休みの日には料理を教えてもらったり、好きな本の貸し借りをしたりもしたそうだ。

だが、一つだけ問題があった。夫の実家で暮らし始めた頃から、智世さんは奇妙な悪夢を見るようになったのだ。

夢の中で、智世さんは仰向けで眠っている。胸から下を微《かす》かに圧迫しているのは、白くて模様のない、薄さの割には重さを感じさせる布団《ふとん》だ。

焦《こ》げ臭さに目を覚まして上体を起こすと、顔面に熱風が吹きつけた。思わず息を呑《の》んだ途端、喉《のど》に鋭い痛みを感じる。目が炎の赤を認識するのと同時に、火事、という単語が脳裏に浮かんだ。

逃げなければ、と一拍遅れて布団から這《は》い出しながら考える。早く、早く。とにかく炎とは反対側へと進むのに、出口がどこにも見当たらない。襖《ふすま》はなぜかびくともせず、縁にまるで封をしているかのように御札が貼《は》られている。ハッとして周囲を見渡すと壁や天井にもいくつもの御札があって、たじろいだ一瞬のうちに視界が真っ白になり、どちらが火元なのかわからなくなる。眼球が細かな針で突かれているかのように痛み、涙が止まらない。一度咳《せ》き込むと咳も止まらなくなり、息を吸い込もうとすればするほど苦しくなっていく。

たまらずに足を止めると、自分がどっちから歩いてきたのかさえわからなくなった。慌《あわ》てて両手をがむしゃらに振り回すが、指先はただ宙を掻《か》くばかりで何にも触れない。

どうしよう、ここはどこなのだろう、どうして火事なんて——そこまで考えたところで、自分が前にも同じことを考えたはずだと気づく。

——ああ、これは夢だ。

そう思っても、気持ちが楽になることはなく、むしろ余計にパニックになりそうになる。なぜなら、この夢はどうやっても自分の意思で目覚めることができないということもわかっているからだ。

このままでは死んでしまう、早く目を覚まさなければと、慌ててまばたきを繰り返し、頬を思いきりつねる。けれど、何をやろうと、どれほどこれは夢なんだと自分に言い聞かせようと、どうしても目を覚ますことはできない。

やがて、これは本当に夢なんだろうかと自信がなくなってくる。夢なら、夢だとわかっているのに目が覚めないなんておかしいんじゃないか、夢ならこんなふうに本当に痛かったり苦しかったりするはずがない、そもそも夢って一体何なんだろう、どうして自分はこれを夢だと思ったんだろう、今まで現実だと思ってきた方が夢だったんじゃないか——

そして、必ず毎回、生きたまま炎に焼かれて死ぬことになるのだ。

ただの夢であり、しかもそう認識しているにもかかわらず、火が直接肌を焼く強烈な痛みと呼吸ができない息苦しさはあまりにもリアルで容赦がない。

もうこのまま目覚めないかもしれない。そうしたら、本当に死ぬのかもしれない。いや、本当に死ねばもう二度とこんな苦痛は味わわなくて済むのだろうか。混乱する意識の中で必死に助けを呼び、息ができずに声が出せなくなっても内心で叫び続ける。助けて、助けて、誰か早く、ここから出して。

けれど誰にも助けてもらえないまま歩けなくなり、それでも何とか逃げなければと這ったまま右腕を前に伸ばした瞬間、背中にものすごく熱い何かが倒れ込んでくる。声にならない悲鳴が口から漏れ、視界が一気に暗転する。痛い、熱い、怖い――ただそれだけしか考えられなくなり、やがてその意識も完全に途絶えたところで、目が覚めるのだ。

見開いた両目に見慣れた寝室の天井が映っても、智世さんはすぐには動くことができない。全身がびっしょりと汗で濡《ぬ》れていて、荒い息が震えている。重く強張《こわば》った両腕を懸命に持ち上げ、自分の指先が存在することを確認してやっと、起きられた、と言葉にして考えられるようになる。

ぎこちなくベッドから身を剝《は》がし、ガクガクと震えて力の入らない膝《ひざ》を押さえて立ち上がる。ふらつく足取りで階段を降りて台所へ向かい、冷えた麦茶を一気に飲み干してようやくほんの少し人心地ついた途端に、全身から力が抜けてその場にへたり込んでしまう。

そんなことが、月に二度ほど起こるようになったのだという。

たしかに夢であるはずなのに、起きてからも内容を鮮明に覚えていて、自分が前にも同じ夢を見たことがあると確信できる。しかもよく思い出してみると、なぜか必ず毎回同じタイミングで夢だと気づき、同じように助けを呼びながら煙の中を彷徨《さまよ》い歩き、やがて動けなくなって背中に衝撃を受けて死んでいくのだ。

とにかく同じ結末だけは避けなければならないと、夢だと気づいてからの行動を、がむしゃらに歩いたり、まったく動かずにただ助けを待つだけにしたりと変えてみたが、何をやっても最終的には同じ結末になってしまう。

智世さんは、最初にその夢を見たときは、誰にもその内容を話さなかった。言葉にするのもおぞましく、また、説明しようとすることで記憶が定着してしまったら嫌だと思ったからだ。

だが、結局は誰に話さなくとも記憶が薄れることはなく、時折思い出してしまっては暗澹《あんたん》としていたところに、もう一度同じ夢を見た。

今度は智世さんも一人で抱えていられなくなり、声が震えそうになるのをこらえながら和典さんに話した。たかが夢に何をそこまで怯《おび》えているんだよ、と笑い飛ばされるだろうとは思ったが、それはそれで気が楽になるかもしれないと思ったのだという。

だが、予想に反して、和典さんは顔色を変えた。

「それって……最後に背中に燃えた柱が倒れてきて死ぬってやつ？」

「どうして……」

智世さんは言葉を失った。なぜなら、まだ火事に遭って焼け死ぬ夢を見たとしか話していなかったからだ。背中に熱と衝撃を感じたことは話していないし、そもそもそれが燃えた柱であることは智世さん自身知らなかった。けれど言われてみれば、たしかにあれは柱だったような気がしてくる。

和典さんは呆然《ぼうぜん》としている智世さんの腕を引いて静子さんの元へと連れて行った。そして、和典さんが「智世が、あの夢を見たらしい」とだけ告げた瞬間、静子さんは大きく息を呑んだのだった。

「まさか、そんな」

静子さんは小さくつぶやき、そのままほとんど泣き崩れるようにして両手で顔を覆《おお》う。

「ああ、智世ちゃん、何てこと……」

「和典さん」

智世さんはどうしたらいいかわからずに、和典さんのシャツの袖《そで》を引いた。どういうことかと目線で問うと、和典さんは「……いや」とかすれた声で何かを否定する。そのまま続けようとしないので、仕方なく静子さんに向かって「あの……どういうことですか？」と尋ねると、顔を覆ったままだった静子さんがびくっと大きく肩を揺らした。けれど、やはりそのままさらに背中を丸めるだけで、質問に答えてはくれない。

「ああ、そんな……あれはもう終わったものだと思っていたのに」

その独り言のようなつぶやきに、「あれって？」と問い返すと、ようやく和典さんが「その夢は、昔母さんが見ていたものなんだよ」と説明してくれた。

智世さんは弾《はじ》かれたように静子さんを見る。静子さんは涙で濡れた顔を上げ、智世さんの両手を強すぎるほどの力でつかんだ。

「ねえ智世ちゃん、人影は今どのくらい？」

「人影？」

智世さんは意味がわからずに眉根《まゆね》を寄せる。すると静子さんは合点したように「そう、まだその段階なのね」とうなずいた。

「その段階って……」

「あのね、その夢は今はまったく同じ終わり方に思えるかもしれないけど、もう少しすると煙の中に人影が見えるようになるの」

静子さんは手をつかんだまま、切迫した声で言った。

「そして、その男か女かもわからないくらいぼんやりとした人影は、夢を見るごとに少しずつ近づいてきて、少しずつ輪郭が鮮明になってくる」

本当に視界すべてが真っ白になって、それまで自分が中にいたはずの布団も見えなくなってくる頃よ、と続けられ、智世さんは返事をすることもできずに静子さんを見つめ返す。

静子さんは顔は智世さんに向けたまま、どこかここではない場所を見るような目つきをした。

「初めは、助けが来てくれたんだと思ったの。あの人がここまで来てくれたら、もう大丈夫なのかもしれない、あの人がここから助け出してくれて、そうしたらもうこんな夢は見なくて済むんだ――なぜだかそんなふうに考えて、だから必死に助けを呼び続けたの。助けて、助けて、早く来てって」

そして、それを何度か繰り返しているうちに、人影が若い女性であることがわかり、さらに何かを言っていることがわかってきた。

「だけどね、ものすごく早口なせいで全然聞き取れないの。叫ぶような口調で……何をしてるの、早く逃げなさいってそんなことを言われているのかと思って、ほとんど何も見えなくて逃げられないんですって叫び返したりしていたんだけど」

けれど、やがて少しずつ声が鮮明になっていくにつれ、そうではないことに気づき始めたという。

——……て……いっ……に。

明らかに、その声は何かに怒っていた。ものすごく早口で怒鳴っている。

——た……けて……たのに。

そこまで聞き取れるようになると、人影はもうはっきりとわかるくらいに強い憎しみの感情をぶつけてきていた。

あれは、助けなんかじゃない。

静子さんは悟らざるを得なかったという。そして同時に、強烈な不安も覚えることになったのだ。

もし、あれが目の前まで来てしまったら、自分はどうなるのだろう、と。

それまでは、人影に早く来て欲しいと願っていたというのに、一気に怖くてたまらなくなった。助けてと言うから来てしまうのかと思い、来ないで、と叫ぶようにしたが、それでも人影は構わずに近づいてくる。

その頃には、神社や霊能者のところを手当たり次第に回ってお祓《はら》いをしてもらうようになっていたが、何をやっても効果がなかった。しばらく夢を見ず、これでもう大丈夫だろうか、終わったんだろうか、と思ったところで、そうではないのだと思い知らされる。

まず静子さんが考えたのは、自分以外の家族は夢を見たことがないということは自分に何か原因があるのだろうかということだった。だが、どうも思い当たることがない。第一、この家に住むまではこんな夢など見たことはなかったのだ。では、やはり家に何かあって、それをなぜか自分だけが感じ取れてしまっているのだろうか。元々霊感が強いわけではなく、幽霊を見たこともない静子さんとしては腑《ふ》に落ちなかったが、それ以外にどう考えればいいのかわからなかった。

静子さんは、何とかして原因を探ろうと、必死になって家や土地について調べた。だが、この家でも、その前に建っていた家でも火事のような出来事は起こっていなかった。あるいは戦時中に空襲などで亡くなった人はいるかもしれないが、それを言うならこの土地に限らずかなりの範囲の土地にそうした由来があるはずだ。

結局、何もわからないまま静子さんは衰弱していった。不眠症になり、食欲もなくなり、精神的にもかなり不安定になってしまったという。

この家に住まなければいいのかもしれないから引っ越したい、と静子さんは主張したが、これは夫の両親が許さなかった。別居を認めるわけにはいかないし、この家を手放すことはなおのことまかりならぬというのだ。義父にはたかが夢で何を大騒ぎしているのかと一喝され、義母には、意地を張って仕事を続けたりしているから疲れているんじゃないのと皮肉げに言われた。

だが、そうして手をこまねいている間にも、夢は否応《いやおう》なく進んでいった。人影はもう数歩進めば手が届きそうな距離まで来ており、声ももう少しで聞き取れそうなほど鮮明になっていたという。

静子さんは、もはや聞き取りたくなかった。姿も見たくない。何も知りたくない。これ以上怖いことなんて起こらないでほしい。両目を閉じて耳を塞《ふさ》ぎ、頭を振った。細かなパーマのかかった長い髪が頰に貼りつく。

けれど、ある日、静子さんは人影の言葉を認識してしまった。

――たすけてっていったのに。

助けてって言ったのに――あまりに予想外な言葉に、静子さんは愕然《がくぜん》と目を見開いた。何を言っているのだろう。ずっと助けを求めていたのは、自分のはずではないか。

そう思ったのが、意識の最後だった。

その後、夢の中で何があったのかは、静子さんにも思い出せないという。ただ、その日から静子さんは四十度を超える高熱を出し、二週間以上生死の境を彷徨うことになった。意識は一度も戻らず、血液検査をしたところ体内の炎症反応を示す数値が異常に高く、医師からは「これは覚悟してもらった方がいいかもしれない」とさえ言われたという。

だが、結論から言えば静子さんは助かった。そのときの高熱の後遺症で左足に麻痺《まひ》が残ってしまったものの、それ以降その夢を見ることもなくなったという。

けれど次も助かるとは限らない、何より智世ちゃんにはあんなに苦しい思いはしてほしくない——涙ながらに語る静子さんに励まされる形で、智世さんの一家は今度こそ家を売却して引っ越す方針で動き始めた。

現在は、人影がおぼろげに見えるようになってきた頃だという。

*

という話を私が智世さんから聞くことになったのは、「小説新潮」の二〇一七年八月号に「妄言」という怪談を寄稿したことがきっかけだった。

「妄言」を担当した新潮社校閲部の綿貫《わたぬき》さんが、行きつけの飲み屋で不動産会社勤務の本間《ほんま》さんに「やっぱり家を買っちゃうと隣人がおかしな人でもなかなか引っ越せないものなんだな」と世間話として切り出し、原稿の内容について話したところ、その流れで本間さんから「実は、今自分が担当している物件でも怪異めいたことが起こっている」と打ち明けられたらしい。

つまり、智世さん一家が家を売却するために訪れたのが、本間さんが勤める不動産会社だったというわけだ。

できるだけ早く売却したい、けれど次の家が決まっているわけではなく、転勤の予定があるというわけでもない。むしろ家は手放すけれど、できれば近辺の物件を探したい――そんな奇妙な希望を怪訝《けげん》に思ってどんな事情があるのか尋ねたところ、智世さんは「次に住んでくれる方にご迷惑がかかってしまっては申し訳ないですから」と言って、詳しい話をしてくれたのだという。

何をおかしな話をと思われると思うのですが、と何度も前置きをされたが、実は本間さん自身がいわゆる視《み》えるタイプの人で、そうした話に対しては理解があった。さらに実際に智世さんの家へ行ってみると、霊の姿こそ見えなかったものの異様なほどの空気の重苦しさを感じたらしい。

悩ましいのは、心理的瑕疵《かし》物件としての告知義務が生じるのかどうかという点だった。心理的瑕疵物件を「自殺や死亡事故、孤独死などがあった物件」として狭義に捉《とら》えれば該当しないことになるだろうが、では心理的に嫌悪《けんお》感のない物件だと言えるだろうかと考えれば首を振らざるをえない。価格を相場よりかなり下げれば、あるいは事情を知った上で気にしないという人も現れるかもしれないけれど、それはあくまでも事前に告知をした上で判断してもらうべきことなのではないか。

悩んだ末、本間さんはやはり告知はするべきだろうという結論を出した。だが、そうなるとかなり販売価格を抑えなくてはならなくなってしまう。それは覚悟の上ですと言っていた智世さん一家も、いざ金額を聞くと愕然としたようだった。

「そんなに安いんですか？」

和典さんが目を見開き、静子さんが「前の四分の一じゃない」と小さくつぶやく。

「四分の一？」

本間さんが訊《き》き返すと、静子さんは「いえ、昔の話なんですけど」と少し慌てたように手を振った。

「バブルの頃、投資用のマンションを建てたいっていうことでデベロッパーから立ち退き交渉をされたことがあったそうなんです。私がこの家に嫁いできたのはその後なので詳しくは知らないんですけど、何でも二億円以上を提示されたとか」

そこまで言ってから、「でもバブルの頃は特別ですものね」と自分に言い聞かせるようにつけ足す。本間さんも「あの時期は特別ですから」とうなずいてみせたが、それでも静子さんは収まりがつかなかったようで、「そのときに売ってしまえばよかったんですよ」とため息交じりに続けた。

「だけどちょうどその頃、数百万円をかけて水回りの設備や壁紙、床板なんかを新しくしたばかりだったみたいで、せっかくお金と手間をかけて改築したのにもったいないって言って断ったらしいんです。こうした話は今後いくらでも出てくるだろうし、もう少し待った方が値が吊《つ》り上がるだろうから、それでその数百万円分くらい上がったら考えればいいって」

だが、その後間もなくバブルは崩壊し、そうした話が持ちかけられることは二度となかった。

本間さんは「そうでしたか」と声を沈ませて相槌《あいづち》を打つ。当時、あちこちで起こっていた話だ。本間さんが不動産会社で働き始めたのはバブル崩壊後のことなので当時直接担当したわけではないが、この業界にいれば話だけは嫌になるくらい耳にする。

その際、最も聞く言葉が「せっかく」だった。せっかく、ここまで投資したというのに。せっかく、あと少しで儲《もう》けられるはずだったのに。

本間さんはこの、実体がないからこそ無限に膨らんでしまう未練に触れるたびに、内臓が微かに縮こまるのを感じるのだった。この言葉が絡《から》むと、人は驚くほど合理性を手放してしまう。

たとえば静子さんの義父母も、「マンションを作るために土地が欲しいから家を取り壊したい」ではなく「その家を売って欲しい。改築したことで価値が上がったから価格は上乗せする」と言われていたとしたら売っていたかもしれない。結局受け取る金額は同じだったとしても。

そして、せっかく、という思いがあるからこそ、今もなお当時の金額を忘れられないのだろう。

本間さんは不憫《ふびん》に思ったが、だからといって告知しないまま売り抜けてしまおうというのは職業倫理にもとる。せめて結果的に売却の話自体がなくなってしまっても構わないから、何とかお祓いなどで解決することはできないものだろうか——。などと考えていた頃に綿貫さんから「妄言」の話を聞かされたので、つい自分も話してしまったのだという。

その後、その話を綿貫さんが「小説新潮」編集部の小林《こばやし》さんに話し、小林さんが私に教えてくれた。そして、さらにそれを私が榊さんに話したところ、榊さんは「おいおい、いい話持ってんじゃんか」と身を乗り出したのだった。

「いいじゃん、それ。その智世さんって人に会いに行こうぜ」

「いや、会いに行くって……」

「こういう話を聞いてじっとしているようじゃオカルトライターなんて勤まらないぞ」

「いや、オカルトライターってわけじゃ……」

「何だよ、おまえ、ネタやったろうが」

そう言われてしまうと、ぐうの音も出ない。

「その人だって客観的な見解が欲しいだろうし、まあ必要ならしかるべき人を紹介することもできるしさ。とりあえずその綿貫さんって人経由で本間さんに連絡取って申し入れてみてよ」

そう続けられ、迷いながらもダメ元で智世さん一家に連絡を取ってみてもらったところ、予想外に会って話を聞かせてもらえることになった。

そして、そこで聞いたのが、冒頭の話なのだ。

二十六歳になったばかりという智世さんは、少し個性的なエスニックファッションをさらりと着こなした小柄な女性だった。前髪を合わせたすべての髪が細めの三つ編みでまとめられて頭の上で綺麗《きれい》な形のお団子になっており、頭の小ささと首の長さを強調している。ネイリストという仕事柄なのだろう、タイの民族衣装をイメージしたのだという細かな金の模様が印象的な黄色いジェルネイルもよく似合っていて、そう伝えたときのはにかむような笑顔も魅力的だった。

智世さんが「お口に合うかわかりませんが」と言いながらテーブルに洋菓子を並べると、静子さんが「有名なお店というわけでもないんですけど、ここのお菓子はどれも優しい味がして、でもちょっとだけびっくりするような隠し味や食感のものが入っているんです」と言い添えた。

「うちではいつも家族の誕生日にはここのケーキを食べることにしていて」

そこで言葉を止め、「あらやだ、何だか話しすぎちゃって」と口元に手を当てる。その仕草がかわいらしく、何だかこの二人は似ているな、と感じた。智世さんと静子さんは当然血の繋《つな》がりはないし、顔が似ているわけでもない。ロングヘアの智世さんとショートヘアの静子さんでは一見した印象もまるで違う。だが、何というか醸《かも》し出す雰囲気がよく似ているのだ。あるいは、和典さんが無意識のうちに母親に似た雰囲気の女性を好きになったということなのだろうか。

その和典さんも、とても感じの良い男性だった。白いポロシャツ姿には清潔感があり、「すみません、ミステリとかオチまで読んでも意味がわからないことが多いから普段ほとんど読まないんですけど」と申し訳なさそうに言いながらも、わざわざ買い求めてくれたのか私のデビュー作を手にしている。智世さんが怪異について話している間、ずっと智世さんのことを気遣わしげに見ていて、智世さんが言葉を詰まらせるたびにそっと背中に手を添えていた。

そして、そんな家族の印象と家の印象もまたよく似ているのだった。不動産屋の本間さんは異様に重苦しい空気を感じたと言っていたらしいが、まったくそんな感じはしない。むしろ、外壁に使われている焦げ茶色の木材はひと目見て年季が入っていることを感じさせるが、ともすれば陰気臭く見えかねないのをぎりぎりのところで重厚な印象に留めている。手入れされた庭には立派な柿《かき》の木があり、その横には小さな薔《ば》薇園《らえん》や家庭菜園らしきコーナーが並んでいた。統一感はないものの、家族それぞれがお互いを尊重し合っていることがわかるような、いい意味で雑多な庭だ。

室内も物が少ないわけではないのに綺麗に整頓《せいとん》され、所々にかわいいウサギの置物やプリザーブドフラワーのブーケ、ディズニーキャラクターのぬいぐるみやクッシヨン、果物の静物画が飾られている。全体のバランスから考えると少しキャラクターものが多すぎるような気がして、世間話として「ディズニー、よく行かれるんですか?」と尋ねると、和典さんがどこか気まずそうに「いや、それはクレーンゲームの景品で」と答えた。

「駅前にゲームセンターがあって、あと少しで獲《と》れそうな台を見つけるとついやってしまうんです」

そこまで言うと興が乗ってきたのか、「クレーンゲームって台によって全然戦略が変わってくるんですよ」と饒舌《じょうぜつ》に続ける。

「特に最近は一発ゲットはできないように完全には景品が持ち上がらないアームの強さになっていることが多いですからね。アームの左右で力の強さを変えていたりもするし、景品のどこにアームの爪《つめ》を引っかけて、どういうふうにずらせば上手《うま》く動くかいろいろ手を変えながら試してみなきゃいけないんです。大抵は何でこんなものにこんなに金を突っ込んじゃったんだろうって後悔することになるんですけど、たまに驚くほどあっさり獲れるときもあるからつい手を出しちゃって」

「……わかる気がします」

私は背中を丸めて相槌を打った。私も以前、好きなキャラクターのグッズを見かけて挑戦し、数千円使ってしまったことがある。そのときは哀れに思ったらしい店員さんが助けてくれて何とか景品を獲得できたが、あのまま自力で頑張っていれば獲れなかっただろう、しかもそれにもかかわらず、なかなかあきらめがつかずにさらにお金を注ぎ込んでしまっただろうと思うのだ。

私の体験談に、和典さんは「そうそう、なかなか獲れないくせに一応少しずつは進んでいるから、せっかくここまで進めたのにって思って引けないんですよね」と身を乗り出した。

「もうダメだ、いいかげんあきらめようと思って台を離れるんだけど、その後に他の人がやっているのを見ているうちに、また上手くいきそうな手を思いついちゃったりして、そうなるともう試さずにはいられないというか」

「ああ……」

私は胃が重たくなるのを感じた。ふいに、大学生の頃、友人がスーパーで買えば五百円以内で買えそうなお菓子に二千円以上費やしてしまったときの光景が脳裏に蘇《よみがえ》ったのだ。舌打ちをする友人の歪《ゆが》んだ表情は、それまでに一度も見たことがないものだった。そして、その友人は「ふざけんなよ」と吐き捨てて台を離れたにもかかわらず、またしばらくしてその台に戻っていった。結局二千五百円ほど使ったところで何とか獲得できたはずだが、そのお菓子をどんな顔をして食べたのかは記憶にない。

口の中に苦味を感じて慌てて紅茶に口をつけると、和典さんは滑らかに席を立って別室から様々なキャラクターグッズを持ってきた。大きなぬいぐるみ、マグカップ、クッション、ノートセット、ポーチ、バスタオル——お店が開けそうなくらいたくさんある。

「よかったら、好きなのを持って帰ってください」

「え、でも……」

思わず視線を彷徨わせると、和典さんは「こんなにあっても使いきれないので、もらってもらえた方が助かるんですよ」と苦笑した。智世さんにも「よかったらぜひ」と言い添えられ、「ありがとうございます、じゃあ……」とキャラクターグッズに向き直る。

子どもが喜びそうだな、と思いながら大きなぬいぐるみに腕を伸ばしかけ、ふいに手が止まった。正直な話をすると、怪異のある家に置かれていた物を子どもに渡す気になれなかったのだ。数瞬迷ってから、私はノートセットをもらうことにした。私は取材メモやネタはもちろん、小説の本文もノートに書くことが多いのでノートはいくらあっても助かる。

だが、そう伝えた途端、和典さんは顔を歪めて「……って、大した稼ぎもないくせにくだらないことに金を使ってんじゃねえよって話ですよね」と自嘲《じちょう》した。突然の自虐《じぎゃく》的な口調に面食らう。反射的に先ほど交換したばかりの名刺に視線を落としそうになったが、見なくても内容は覚えていた。フリーのカメラマンをしているということで、最初に少し話題になったからだ。職業柄、榊さんも私もカメラマンと関わることが少なくない。

「稼いでいる智世がやるならともかく」

和典さんが続け、場が凍った。私はどう相槌を打つべきかわからず、目を伏せることしかできない。

これは智世さんも困るだろうな、と考えていると、智世さんは「でもわたし、ディズニー好きだよ？」と首を傾《かし》げてみせた。

和典さんは「ああ、だから一応手を出すのはディズニーキャラクターものだけって決めてるんだけど」と満更でもなさそうな表情になり、張り詰めていた空気がふっと緩む。智世さんは「うん、ありがとう」とすかさず答えた。

その切り返しに、私はなるほど上手いなあとひそかに感嘆する。すると、榊さんの方からも息をつく音が聞こえてきたので、榊さんも感嘆しているのかと思って顔を向けると、榊さんは考え込むような表情で「どういう意味なのか」とひとりごちた。

「どういう意味って、何がですか」

「『助けてって言ったのに』」

私の問いに、顔を動かさないまま答える。

智世さんたちの表情が一瞬で強張った。だが、榊さんは構わず、そもそも場の空気の変化に気づいてすらいない様子で「いろいろ考えられると思うんですよ」と続ける。

「助けを呼んでいる智世さん自身の声をリアルタイムで鏡のように跳ね返しているものなのか。あるいは、過去に助けを得られずに亡《な》くなった人がいて、その人に引きずり込まれる形で夢を見させられているのか。それとも、いくら助けを求めても得られなかった智世さん自身の未来の姿なのか。つまり、現在、過去、未来」

あっさりと言う榊さんに、私はぎょっとした。未来の姿というのは、つまりこのまま悪夢に取り殺されて自身が霊になるという意味になりはしないか。そんな不吉な話を本人の前でしてしまって大丈夫なのだろうか。

だが、智世さんは取り乱すことなく静かにうなずいた。

「そうなんです、私もそれが気になって」

「あ」

そこでふいに声を上げたのは静子さんだった。口元に手を当て、「そう言えば……」とつぶやく。

「何か思い出したことが？」

「いえ、思い出したってほどではないんですけど、現在なのか過去なのか未来なのかっていう話で……そう言えば、未来のことなのかもしれないと漠然と思っていたなと気づいて」

ほお、と榊さんが身を乗り出した。

「それはどうして」

「あの、夢の中の部屋で見た御札――あの中に、その後私が近所の神社や霊能者のところを回ってもらった御札があった気がするんです」

静子さんはそこまで言ったところで席を立った。足早にリビングを出て行き、しばらくして四枚の古い御札を手に戻ってくる。テーブルの上に等間隔に並べ、そっと手を引いた。

「御札ってどれも似た印象なので気のせいかもしれないんですけど」

「気のせいじゃないとしたら、例の夢は御札を入手した後の未来の光景だと？」

「これまで言葉にしてはっきりと考えていたわけじゃなかったんですけど」

静子さんがうなずくと、榊さんも、なるほど、と言って顎《あご》を引いた。

「一番矛盾がないのも未来かもしれませんね。現在なら『助けてって言ってるのに』になりそうだし、過去だとすると、特に関係がありそうな出来事が見つからないわけだし」

私は、メモ帳に並んだ〈現在、過去、未来〉という文字の〈未来〉に丸をつけて、〈？〉と書き添える。

けれど榊さんは、「とはいえ、そもそも怪異を論理で解釈しようとすること自体が間違っている可能性もあるんですが」と肩をすくめた。

私はその言葉にハッとする。

――たしかに、言われてみればそうだ。

私は、怪談とミステリは相性がいいものだと思ってきた。怪異というそもそも謎《なぞ》をはらむ事象を扱い、「どうしてこんな怪異が起こるのか」を探っていくというのは、もうそれだけでミステリの要素を含むだろうと思っていたのだ。

いや、もう少し正確に言うならば、怪異と思われる現象を前にしたときにまずすべきことは、論理で説明がつくものなのかそうではないのかを検証して分けることだと考えていた。一見怪異としか思えない現象の中には論理で読み解いていくことによって説明をつけられるものがあり、そうしたものを選り分ける作業こそが、どうしても論理で説明できないものの異様さを浮かび上がらせるのだと考えていたのである。

だが、それでは、「論理で読み解いて説明をつけることもたまたま可能だけれども、実際のところはそうではなく本当に論理を超越した怪異」を誤った見方で結論づけてしまうことになりかねない。つまり怪異というものが人智《じんち》を超えた事象である以上、そこに論理的説明をつけようとすること自体が常に誤りを内包することになるのだ。

それは、そう――よくミステリにおいて取り沙汰《ざた》される「探偵が入手した情報が足りない、もしくは誤っている可能性を否定できず、それゆえその探偵が提示する推理が本当の真相かどうかは作中では証明できない」という問題にも似ているかもしれない。

ミステリにおける探偵のごとく、自分が入手できた情報から「こう考えれば辻褄《つじつま》が合う」という道筋を見つけてはまるで鬼の首を取ったように「この怪異の原因はこれである」とまとめることは、どれほどその論理展開が鮮やかで説得力があろうとも構造的に机上の空論でしかありえないのだ。

「というか、実際のところ智世さんからすれば、原因なんかよりもとにかく怪異を止める方法を知りたいですよね」

榊さんが言うと、智世さんは深くうなずいた。それはそうだろうな、と私も思う。智世さんたちが原因について知ろうとしたのは、それによって怪異を止める方法が見つかるかもしれないと考えたからだろう。

するとと榊さんは「原因を突き止めるのが得意な人ではないんですが」と前置きをしてから、「もしよかったら知り合いの拝《おが》み屋をご紹介しましょうか」と切り出した。

智世さんたちが、パッと弾かれたように顔を上げる。

「もう家を売却する方向で話を進めていらっしゃるということですから余計な話かもしれませんが」

「お願いします」

ほとんど遮るようにして言ったのは和典さんだった。それから、智世さん、静子さんが続けて「お願いします」と頭を下げる。

榊さんは「では、連絡を取ってみます」と事務的とも取れる口調で言って、その場で電話をかけ始めた。お祓いを頼みたい人がいることだけを伝えると、そのまま日程調整に入ってしまう。それ以上の説明はしなくていいんだろうか、と思ったところで榊さんが顔を上げ、「状況的に早い方がいいでしょうから、明日明後日辺りでどうかって」と言った。状況的にも何も、まだ何も説明していないはずだ。

智世さんも驚いた表情で「……明日、大丈夫です」と答えた。「明日で大丈夫だそうです」と榊さんが電話に答え、「じゃあまた明日お願いします」と言って電話を切る。

「榊さん、今の……」

「そういう人なんだよ」

榊さんは、よく訊かれる質問だというように短く答えた。


榊さんが連れてきた拝み屋の陣内《じんない》さんは、街を歩いていたら真っ先に道を訊かれそうな印象のおじいさんで、お祓いというのもただ静かに正座をして長い時間手を合わせるだけだった。

神社での祈禱《きとう》のように祝詞《のりと》を上げて祓串《はらえぐし》を振ったり、たまにテレビでやっている心霊現象の特集番組で見かけるように大声で九字《くじ》を切ったりするような図を何となくイメージしていた私は少し拍子抜けして、陣内さんが顔を上げて振り向いた拍子に思わず「お祓いって意外と静かにやるんですね」とつぶやいてしまう。口にしてから、こんなことを言うのは失礼だったかもしれないと反省したが、陣内さんは目尻《めじり》に皺《しわ》を寄せて「意外に思われる方は多いですねえ」とゆったりとした口調で言った。

「大きな声を出した方がやりやすいという人もいるんでしょうけど、僕はこうやって黙って手を合わせる方が集中できるんですよ」

陣内さんは穏やかに説明し、「では、もうしばらく」と言って再び手を合わせる。

そのまま、まったく動かなくなった。

三分が経《た》ち、五分が経ち、十分が経ち、大丈夫なのだろうかと不安になったものの、陣内さんが顔を上げないままなのでさすがに今度は声を出す気にはなれない。

見ると、智世さんたちも不安そうな顔をしていた。一人、榊さんだけが慣れているのか平然としている。

やがて、智世さんが目をつむって両手を合わせた。それにつられるようにして、和典さん、静子さんも合掌する。私もせめて何かできることをしたくて、彼らにならった。どうか、智世さんを助けてください。そう祈った途端、『助けてって言ったのに』という言葉が蘇ってぎくりとする。しばらく迷ってから、助けられなくてごめんなさい、と念じてみることにした。つらかったですよね。どうか、あなたも早く楽になりますように。

「いけません」

突然前方から声がして、ハッと顔を上げる。

いつの間にか陣内さんが私を振り向いていて、険しい顔をしていた。

「その霊との縁を作りたくなければ、寄り添うように語りかけてはいけません。――和典さんも、何が原因かと相手に問うことは危険です」

話を向けられた和典さんも目を見開く。どうしてそれを、と思っているのが伝わってきた。私も和典さんも、声に出して祈ってなどいないのだ。そしてそもそも、私たちに背を向けて祈っていた陣内さんからは、私たちが手を合わせ始めたのを見ることはできなかったはずなのに。

一体、何がどうなっているんだろう、と呆然としていると、榊さんが「だからそういう人なんだって」と言った。陣内さんは、「たとえば、交差点に花が供えられているのを見かけて手を合わせることも注意が必要です。人のために祈れるのは素晴らしいことですが、関わりのない死者に対して祈りを捧《ささ》げることは、それまで存在しなかった縁を自ら作ってしまうことになります」と説明してから、眉尻を下げて智世さんを見る。

「残念ですが、この存在は既にこの家と強い縁を作ってしまっています」

そう悲しそうに告げた。

「転んでできた傷に食い込んでしまった石が、その上から皮膚が再生したことによって身体《からだ》の一部になってしまったようなもので、剝がすことはできません」

「皮膚を切って取り出すようなことはできないんでしょうか」

智世さんが尋ねると、陣内さんは力なく首を振る。

「無理やり剝がそうとすれば、肉も一緒にちぎらなければならなくなるでしょう。そうなれば、智世さんも無傷ではいられなくなるはずです」

「そんな……」

そこでふいに陣内さんは静子さんを見た。ちらりと麻痺がある左足に視線を滑らせたものの、何もコメントはせずに智世さんに向き直る。

「今ならまだ、この存在はこの家と深く結びついているだけで、智世さんとの間にできてしまっている縁はそれほど深くありません。引っ越してこの家との縁を断ち切ってしまえば追いかけてくるようなことはないでしょう」

「縁……」

和典さんが口の中で転がすようにつぶやくと、陣内さんは「相性のようなもの、と言った方がわかりやすいでしょうか」と首を微《かす》かに傾けた。

「人と人との間に相性があるように、怪異と人との間にも相性があるんですよ。智世さんや静子さんが何か悪いことをしたから、というような因果ではなく」過去の経緯については説明していないというのに、そう言って二人に労《いたわ》る目線を向け、「気休め程度ではありますが」と智世さんに御守を渡す。

「でも、ないよりはましなはずです」

「ありがとうございます」

智世さんは目尻を赤くしながら、深く頭を下げた。

結局、陣内さんも言っていたように、これで怪異が止《や》むことはなかった。けれど、最後に信頼できる人に見てもらったことで踏ん切りがついた、と智世さんは言う。家は相場よりかなり安めではあるものの、無事親戚《しんせき》に買ってもらえることになったそうで、智世さんから私と榊さん宛《あて》に届いたメールには〈お力添えいただいて本当にありがとうございました。次に住む方にご迷惑がかかったら申し訳ないので場所や名前が特定できる書き方は避けてもらいたいですが、話自体はお書きいただいて構いません。家族にも了解を取ってあります〉とあった。メールを下までスクロールさせると、榊さんのメールの中には許可を求める文面が入っている。

「書くんですか」と電話で尋ねたら、『おまえも書いたら』と言われた。「でも榊さんが書くんですよね」と返すと、自分はひとまず雑誌のコラム的なページで書くが、それは八百字程度のもので「こんな夢を繰り返し見るのだ」というところしか書かないから小説の形を取って書くのとはまったく別物になると思うと言う。一応編集部の小林さんにも確認を取ったところ、それなら問題ないというので、ひとまず記憶が新しいうちに書いてしまおうと執筆を開始し、間に他の仕事の執筆やゲラチェックを挟みながら、ひと月後くらいには書き終えた。

とはいえ、結局よくわからないものをわからないままに書いただけの話なので、読んでもよくわからないような気もする。怪談ではそうした「よくわからない」という終わり方も往々にして見られるが、今回のこれはありなのだろうか。

そんなふうに考えながら、原稿を送りあぐねていたある日のことだった。

いつものように子どもたちを寝かしつけてからリビングに戻り、パソコンを立ち上げてメールを開くと、編集部の小林さんからメールが届いていたのだ。

〈校閲部綿貫から〉

という文章の途中のようなタイトルをクリックして開くと、そこには、こんな文面があった。

〈先日、本間さん経由でご紹介した智世さんなのですが、先週末亡くなられたそうです〉

どくん、と心臓が大きく跳ねた。

――亡くなられた？

あまりに予想外の言葉に目を疑いながら、急いで続きに視線を滑らせる。ざっと最後まで読んでも上手く意味が取りきれず、パソコンにかじりつくようにして再読した。

そしてわかったのは、ある朝和典さんが目覚めると突然智世さんが意識不明に陥っていたこと、ひどい高熱で、そのまま意識を取り戻すことなく亡くなってしまったこと、そしてそれが起こったのはあの家だったということだった。

「どうして……」

思わず口からつぶやきが漏れた。あの家からは引っ越したのではなかったのか。

動揺のあまり、そのまま仕事をすることも眠ることもできず、朝になるのを待ってから新潮社に電話して綿貫さんに取り次いでもらうと、綿貫さんは困惑を露《あら》わにした声音で「僕も本間さんからの又聞きなのですが」と断ってから説明してくれた。

いわく、あの後親戚が買い手として名乗りを上げてくれたものの、念のため購入する前に一定期間住んでみたいという話になり、それも当然の希望だろうと二週間ほど一緒に住んでみてもらったところ、やはり怪異が起こったということで購入をキャンヤルされてしまったらしい。

『買い手の家族も、こんないい立地にあるこんな立派な家がこんな価格で買えるなんてって、喜んでいたんだけど……』

本間さんは声を沈ませて言い、深くため息をついた。

『二週間は何も起こらなかったから、これは大丈夫かもしれない、やっぱり本当に相性のようなものなのかもしれないって安心しかけていたところだったんだよ。だけど、このまま契約しようかっていう直前になって、心霊写真みたいなのが撮れちゃって』

『心霊写真？　悪夢じゃなくて？』

絹貫さんが不思議に思って訊き返すと、本間さんも納得がいかなそうな顔をして『そうなんだよ』とうなずく。

『何でも、引き渡す前に記念写真だけでも撮っておこうと和典さんが言い出して智世さん一家の写真を撮ったんだけど、せっかくだからその買い手の家族写真も撮ろうって話になって撮ったら、智世さんと買い手家族の中学生の娘さんにだけ白い靄《もや》が大量に写っていたらしいんだ。智世さんの方はウェーブがかった長い髪に靄が蛇のように絡みついていて、娘さんの方はショートボブ全体が靄で包まれて丸い大きな白い玉のようになっていた』

当然、何だこれは、と大騒ぎになった。特に、智世さんと同じ竈というのが見過ごせない。この二週間はたまたま何も起こらなかっただけで、やはり危険なのではないか――そんな意見が一度出たら、もうダメだった。その買い手の一家としても、怪異というものに対してあまり実感がなかったからこそ、単純にかなりお買い得な価格に魅力を感じて購入を決めてくれていたのだ。危険が及ぶかもしれないとなれば、話はまったく変わってくる。

智世さんは意気消沈していたものの、数日すると何かを吹っ切ろうとするかのような口調で「でも、購入されてしまってから問題になるよりよかったです」と言うようになった。

「まだ夢が進んでしまうまで時間がありますし、もしかしたら次の家族は大丈夫かもしれませんから、もう一度買い手を探すのを手伝っていただけませんか？」

あくまでも前向きな言葉を口にする智世さんに、むしろ本間さんの方が励まされるような心地がしたという。

だが、そのわずか十日後、智世さんは突然帰らぬ人になってしまった。

責任を感じた本間さんは、その後執り行われた智世さんのお通夜《つや》にも参列した。

結局最悪の形で智世さんを失うことになってしまった和典さんと静子さんは、見ていられないほど憔悴《しょうすい》していたという。

静子さんはひたすら泣きじゃくっていて、和典さんは呆然《ぼうぜん》と虚《うつ》ろな目で宙を見ていた。喪主の挨拶《あいさつ》もほとんど言葉にならず、「あとちょっとだったのに……早くやめていれば」とひとり言のようにつぶやくのみだったという。

その言葉に、本間さんも胸が苦しくなった。それは本間さん自身の心の中にもある言葉だったからだ。あそこで心霊写真さえ撮れてしまわなければ。もう少し早くお試し期間を切り上げていれば。それでは次の買い手が困ることになるだけだとわかるのに、そう思わずにはいられなかった。

遺族に合わせる顔がないと感じた本間さんは、通夜振る舞いが始まるや辞去しようとし——だが、入口近くまで行ったところで静子さんに呼び止められた。本間さんは慌てて「このたびは本当に……」と頭を下げる。

その先を迷ってから、「……結局お力になれなくて」と続けると、静子さんは細かく首を振った。

「本間さんには親身になっていただいて……おかげで陣内さんも紹介していただけて、あの子もすごく心強かったと思うんです」

「ですが……」

「でも……どうして、こんなに早く」

ふいに、静子さんが顔を歪めた。本間さんは何も言えずにうつむく。それは、本間さんも何度も考えたことだった。なぜ、智世さん自身もまだ時間はあると言っていたはずなのに、こんなことになってしまったのか。智世さんが最後に見た夢はどんなものだったのか。

だが、いくら考えたところで答えが得られるわけもないのだ。既に智世さんはこの世にいないのだから。

静子さんは両手で顔を覆《おお》い、嗚咽《おえつ》を漏らしながら、どうして、ともう一度繰り返したという。

そんな話を聞いた一週間後、私は榊さんの事務所を訪れていた。

「妄言」という榊さんから聞いた話を怪談にしたものが掲載された「小説新潮」の見本誌が出来たので渡したいというのもあったが、やはり智世さんのことをきちんと報告したかったのだ。

私が一通りの話を終えると、榊さんはキーボードを叩《たた》きながら「ふうん」と相槌を打った。そのまま何かを続けるわけでもなく、マウスをクリックしたりしている。

私は口を開きかけて閉じた。榊さんは取材のとき以外は大抵会話の途中であっても手を止めない人なので今さら戸惑うまでもないのだが、怪異にまつわる話には目がないはずなのでさすがに少し珍しい。

今日のところは辞去した方がいいだろうか、と腰を上げかけた瞬間、

「まさか、こんなことになるとはなあ」

榊さんがひとり言めいた口調でつぶやいた。私は腰を戻し、「はい」とうなずく。

私は智世さんから今回の怪異についての話を聞いたとき、怪異に対して論理で対抗しようとすること自体が間違っているのだと考えたはずだった。なのに、それでもまだ論理的に考えて規則性を見出《みいだ》そうとしていたことに気づかされる。

「怪異では何が起こるかわからないと思っていなきゃいけなかったのに」

「いや、そっちじゃなくて」

「え？」

私は目を見開いた。榊さんも「ん？」と眉《まゆ》を上げる。

「ああ、まあそれもそうだけど、俺が言ったのは旦那《だんな》さんの方の話」

「旦那さん？　和典さんが何か？」

「何かっておまえ」

榊さんは少し呆《あき》れるような顔をした。

「今回のは怪異のせいではあるけど、ほとんど人災みたいなものだろうが」

「人災？」

あまりに意味がわからず、オウム返しに訊《き》き返してしまう。榊さんは目をしばたたかせた。

「だったらおまえ、どうして旦那さんがわざわざそんな写真を見せたと思ったんだ」

「写真？」

「心霊写真だよ。智世さん一家と次の買い手のそれぞれに白い靄がかかっていたっていう」

榊さんはボールペンを手に取り、くるくると器用に指で回す。

「データは旦那さんの手元にあったわけだろう。見た時点でおかしな写真だということはわかったはずじゃないか。本当に家を売りたいのなら、写真を見せないこともできたはずだ。あるいは、旦那さんはカメラマンなんだし、靄を修整することもできた」

「それは……良心的な人だから、ちゃんとありのままを伝えようと」

「だけど、怪異の種類が違うだろう。静子さんや智世さんが遭っていた怪異は悪夢だ。たしかにそうかもしれない。だが、真っ直《ま》ぐ《す》に考えれば、この二つは別の話だ」

「そうなると、話は逆なんじゃないか」

怪異があれば怖くなるというのが人情のはずだ。違う怪異とはいえ、いわくつきの家で何らかの
「逆？」

「日那さんは、心霊写真を普通の写真のように加工しなかったんじゃなくて、普通の写真を心霊写真のように加工した」

私は唖然《あぜん》として目を見開いた。

「そんな……まさか。だってそんなことをして何になるんですか。キャンセルされてしまったら智世さんが困るだけじゃないですか」

脳裏に、智世さんを気遣わしげに見る和典さんの横顔が蘇った。そして、智世さんがディズニーが好きだと言うからディズニーキャラクターの景品を獲るのだと語った、どこか幼いものの嬉《うれ》しそうな表情。

りれどそう思い出すのと同時に、『大した稼ぎもないくせにくだらないことに金を

使ってんじゃねえよって話ですよね』と自嘲気味に話した姿もまた浮かび上がってきてしまう。

——彼は、智世さんに嫉妬《しっと》していたのだろうか。

智世さんがかわいそうな、彼の助けを必要とする存在で居続けることを望んでいた？

そこまで考えて、私は思考を打ち消した。いくら嫉妬や劣等感があったとしても、それで命に関わるような事態まで望んでいたとはさすがに考えにくい。こんなにも早く夢が進んで命まで落としてしまうということは予想できなかったにしても、いつか恐ろしいことが起こるのはわかっていたのだから。

「奥さんを助けたかったのは本心だろう」

「だったらどうして……せっかく次の買い手は怪異に遭遇しなくて、そのままなら無事に買ってもらえそうなところだったのに」

「遭遇しなかったのに、じゃない。次の買い手が怪異に遭遇しなかったから、だよ」

榊さんの言葉に、一瞬思考が止まった。

——遭遇しなかったから？

「それはどういう……」

「一家は、ずっとこの家の怪異に苦しめられてきた。霊能者に見せても解決することはなく、もう長年守ってきた家を手放さなければならないところまできていた。無念ではあるが、他に方法がないんだから仕方ない――そう自分たちに言い聞かせてついに家の売却を決めてみたら、なぜか買い手は誰も悪夢を見ることはなかった」

タン、と榊さんはボールペンを机の上に置いた。

「『あとちょっとだったのに。早くやめていれば』――旦那さんはそう言っていたんだろう」

私は榊さんが何を意図して話しているのかわからないながらも、ひとまず「はい」と相槌を打つ。すると榊さんは再びボールペンを取って回し始めた。

「その本間さんっていう人は、あそこで心霊写真さえ撮れてしまわなければ、もう少し早くお試し期間を切り上げていれば、という意味で受け取ったようだが、もし心霊写真が旦那さんの仕業なら意味が通らなくなる。では、何があとちょっとだったのか。早くやめていればというのは、何のことだったのか」

そこで一度言葉を止め、指の上でくるくると回り続けるボールペンを見下ろす。

「ずっと気になっていたのは、なぜ静子さんの義母や買い手の娘さんは怪異に遭わず、静子さんと智世さんは遭ったのかということだった」

「それは、相性が……」

「両者の間にはどんな違いがあったのか」

榊さんは私の言葉を遮って続けた。

「そういう視点で見たときにまず思いつく違いは外見だが、静子さんと智世さんは顔立ちも背丈も髪型もまったく違う。では、他にどんな条件がありうるか」

私は必死にこれまで聞いた話を思い出そうとした。取材メモは、怪談として文章化するために何度も読み返している。あの中に、どんな共通点があったか。

まず思いついたのは、二人が醸《かも》し出す雰囲気が似ていると感じたことだった。だが、果たしてそんな漠然とした主観が共通点と言えるのかどうか――

「仕事をしているかどうか」

「あ」

私は、声を漏らす。そう言えば、静子さんは怪異によって足が不自由になるまで働いていたというし、智世さんもネイリストとして働いていた。静子さんの義母が家庭に収まりきらない静子さんのことを揶揄《やゆ》していたということは、義母は働いていなかったのだろうし、買い手の中学生の娘さんはもちろん働いているわけがない。

たしかに共通点だ――と納得しかけて、だけど、と私は考えた。

「だけど、怪異のような超常的なものがそんな理屈くさい違いを問題にするんでしょうか」

「だから実際にどうだったかはどうでもいいんだって。あくまでも旦那さんが理屈で考えて思いつくか——あれだけ奥さんの稼ぎにコンプレックスを抱いていた旦那さんなら、いかにも着目しそうなポイントじゃないか」

私は短く息を呑《の》む。

「じゃあ、早くやめていればって……」

——早く仕事を辞めていれば。

ぐらり、と地面が揺れるのを感じた。

それはつまり、どういうことだ。

和典さんは、智世さんと怪異の相性を悪くするために、仕事を辞めさせるべきだと考えていた？

「『もうダメだ、いいかげんあきらめようと思って台を離れるんだけど、その後に他の人がやっているのを見ているうちに、また上手くいきそうな手を思いついちゃったりして、そうなるともう試さずにはいられないというか』」

ふいに、榊さんが和典さんの言葉を諳《そら》んじた。

その瞬間、私の脳裏にも和典さんの言葉が蘇る。

『なかなか獲れないくせに一応少しずつは進んでいるから、せっかくここまで進めたのにって思って引けないんですよね』

——せっかく、今度こそ上手くいくかもしれない手を思いついたのに。

次の瞬間、猛烈なやりきれなさが襲ってくる。

せめてこれが悪意だったのなら、まだ気持ちの持っていきようもあったかもしれない。智世さんに対して劣等感を抱いていた和典さんが、智世さんをかわいそうな存在で居続けさせるために家に留めた。仕事を辞めさせることの方が目的で、それに怪異を利用した。あるいは、同じ被害者であった静子さんが、ここで家を売ってしまったらあの頃自分があんなに耐えたことが無駄になってしまうと考え、最後の最後で家を手放すことに反対した。——そんな真相だったのなら。

だが、実際には誰もが智世さんを助けたいと願っていたのだ。何とかして怪異から逃れられる道を探りたいと考え続けていたからこそ、次の買い手一家が怪異に遭わなかったという事実の前で、なぜ、という思いが浮かんでしまった。なぜ、うちはダメなのに、あの家族は大丈夫なのか。一体何が違うのか。——もしかしたら、その違いさえ変えてしまえば上手くいくかもしれないのに、ここであきらめるのはもったいないいんじゃないか。

私は、呆然と手の中のノートを見下ろす。

あの日、和典さんがくれたディズニーキャラクターのノート。その表紙の中で楽しげに踊っている見慣れたキャラクターたちの笑顔が、妙に空々しく見えた。

第五話　誰かの怪異

「小説新潮」二〇一八年二月号掲載

千葉県内の大学に通う岩永幹男《いわながみきお》さんから聞いた話である。

岩永さんは四月から大学の近くで一人暮らしを始めた。推薦入試で早々に合格を決めていたため時間にゆとりを持って複数の物件を見て回ることができ、その中でほとんど迷わず決めたのがTコーポだったという。

不動産屋が「ここはお得ですよ」と繰り返していたTコーポはたしかに、本当に管理費込みで月三万円でいいのかと聞き直してしまうほど良さそうな物件だった。各階三戸ずつの木造二階建て、築年数が二十八年で洗濯機置場は共用部の廊下という昔ながらの古アパートなのだが、室内はリフォームを行ったばかりということで新築同様、しかも大学の正門のすぐ近くで目の前がコンビニ、２Kでバストイレ別の角部屋である。欠点は、リフォームでは洗濯機置場は変えられなかったらしく相変わらず廊下に置くしかないことだったが、その分洗面所が広く使えるという見方もある。

母親からも「こんないい物件を見つけられたのは、あんたが頑張って推薦入学を決めたからね」と言われ、晴れがましい気持ちになりながら入居を済ませた。

だが、やがて岩永さんはこの選択を後悔することになる。

最初におかしいなと感じたきっかけは、シャワーだったという。

Tコーポの風呂《ふろ》は自動湯はり機能付きでカランが洗い場にしかついていないこともあり、シャワーからカランに切り替えたことは一度もなかったのだが、なぜかある日いつものようにシャワーで浴槽を洗おうとしたところ、カランから水が勢いよく飛び出してきたのだ。

何かを洗う必要があって切り替えたのだろうかと記憶を探ったが、思い当たることが何もない。

岩永さんは怪訝《けげん》に思いながらも、そのときは深く考えることはなかった。気のせいだろうと思ったのだ。

しかしそれから数日して、今度は浴室の排水口が詰まるほど大量の髪の毛が発見された。こんなに抜けたのかとぎょっとして見ると、どうも髪の毛が長すぎる。まだ自分以外の人間は風呂場を使っていないのだから、前の住人のものなのだろうが、リフォームをした際に排水口には手をつけなかったのだろうか。そんな馬鹿《ばか》なと思ったものの、それ以外に考えようがない。仕方なくキッチンからレジ袋を持ってきて裏返し、中に手を入れて袋越しにつかんだ。

その瞬間、ぐしゃりとした感触が袋越しにもかかわらず伝わってきて二の腕の肌が粟立《あわだ》つ。反射的に袋から手を引き抜くと、べちゃ、と妙に質感のある音を立てながら髪の塊が落ちた。岩永さんは顔をしかめ、キッチンから今度は割り箸《ばし》を持ってきて挟み上げる。我ながら神経質すぎる気もしたが、どうにも素手で触る気にはなれなかった。とにかく何とか髪の毛を片づけ、全身をすばやく洗ってから部屋に戻ってテレビをつける。録画しておいたお笑い番組を再生し、嫌な気分を吹き飛ばそうとしたときだった。

パ、と勝手に、画面が切り替わった。

「え」

思わず声が漏れて、足元に転がしてあるリモコンを見る。身体《からだ》のどこもリモコンには触れていないはずだ。なぜ、何もしていないのに勝手に切り替わったりするのか。

気づけばスマートフォンを握りしめていた。だが、画面に実家の番号を表示したところで手を止める。一体、何をどう説明しようというのだろう。

こんなことを話したところで、ホームシックだと思われるだけだ。いや、もしかしたら本当にホームシックなだけかもしれない。初めての一人暮らしに自分でも気づかないうちに神経が張り詰めていて、何でもないことに過敏になっているだけなのではないか。

落ち着けと自分に言い聞かせて水を飲み、スマートフォンを真新しいフローリングに置いた。目の前のテレビでは幼児向けの教育番組をやっていて、カラフルな着ぐるみが大きな身振りで踊っている。流れている曲が自分も幼い頃によく歌っていた童謡だと気づいた途端、冷静さが戻ってきた。

やはり、どう考えても自分の思い過ごしだ。

岩永さんはそこで考えるのを止《や》め、何となく頭が重苦しい気がしたので、まだ夕方ではあるが寝ることにした。そのまま特に悪夢を見るでもなく、金縛りに遭うわけでもなく、たっぷり十時間眠って目が覚めたのが夜中の三時近く。コキコキと首を鳴らしながら洗面所へ向かい、顔を洗って何気なく鏡を見たときだった。

鏡の端に、胸の下辺りまでの髪を垂らして銀縁メガネをかけた高校生くらいの女の子の姿があった。

岩永さんは息を呑《の》み、一拍遅れてメガネへと手を伸ばす。慌《あわ》ててメガネをかけながら振り向くと、そこには誰の姿もなく、弾《はじ》かれたように顔を戻してもう一度鏡を見ても、もうそこには何の変哲もない浴室のドアしか映っていなかった。

――今のは、一体。

寝ぼけていたのだろうか。あるいは、長い髪の毛というところから連想して、無意識に脳裏で描いていた姿を錯覚したのだろうか。懸命に考えながら、そうではないこともほとんど本能的にわかってしまう。

どうしたらいいかわからず、ひとまず岩永さんはスマートフォンで調べることにした。自分のものではない長い髪の毛、鏡に銀縁メガネの女の子――検索ワードに悩みながら打ち込みかけ、そう言えば、と指が止まる。

自分はあのとき、たしかにメガネをかけていなかった。裸眼では〇・一以下の近視だ。鏡に映った自分の顔を見るのさえ顔を近づけなければ不可能だというのに、なぜ彼女の姿はくっきりと見えたのか。

心拍数が急速に上がっていくのを感じながら、岩永さんは朝まで検索を続けた。だが、それでわかったのは、検索などいくらしても意味がないということだけだった。

誰かに話したいが、両親には心配をかけたくはない。入学してできたばかりの友人に相談するのも気が引けた。まだほとんど人となりもわかり合っていないうちに突然こんな話をすれば、妙なやつだと思われることになるだろう。高校時代の友人も、仲が良いやつは皆現在浪人中なのでこんな用件で連絡を取るのも憚《はばか》られる。

仕方なく岩永さんは不動産屋に電話してみることにした。前の住人で同じような怪異に遭遇した人がいないか聞いてみようと思ったのだ。

だが、いざ『はい、E不動産でございます』という明朗な声を聞くと、鏡に女の子の姿が、などとは切り出せなくなった。自分から電話したにもかかわらず混乱して、「あの、自分しか使ってないのに排水口に長い髪の毛があって」とだけ口にして言葉に詰まってしまう。『申し訳ありません、すぐにクリーニング業者に確認を取ります』という答えが返ってきて、自分がクレームをつけたような格好になっていることに気づいた。慌てて「違うんです、実はちょっと変なことが続いていて」と結局起きたことを全部話してしまってから、これはこれでクレームのようだと気づいたが、もう遅い。

『お話、よくわかりました。物件担当者が戻り次第折り返しご連絡させていただいてもよろしいでしょうか？』という丁寧な声がして、思わず、やっぱりいいです、と言いそうになるのを寸前でこらえた。

電話を切ってからも、自分が悪いことをしてしまったような気がして落ち着かなかった。

しかしその日の夜、E不動産の担当者から『その物件では過去に何かご不幸があったというようなことはないのですが、お隣のお部屋で、十五年ほど前に女の子が家の

かと思ったのだ。岩永さんは驚いた。まさか、まさかその部屋ではないにしても本当にいわくつきの物件だったとは。

前日に見た女の子の姿が脳裏に蘇《よみがえ》り、ぶるりと悪寒《おかん》が走る。もしかして、自殺だろうか。あるいは殺人事件？

だが、そこまで考えたところで、

『誤飲事故だそうで……まだ四歳だったそうです』

という言葉が続いた。

「四歳？　高校生くらいじゃないんですか？」

『ええ、四歳の女の子です。私がお調べした限り、他にこちらの物件で亡くなった方がいるという記録はございませんでした』

頬がカッと熱くなる。過去には何もおかしなことなど起こっていないと言われることは予想していたというのに、なぜか完全に否定されるよりも恥ずかしかった。

「あの、その事故の後に隣の部屋に住んだ方は……」

尋ねる声が喉《のど》に微《かす》かに絡《から》む。

『その方は、そのままお引っ越しはされていないので……』

担当者はそこまで答えてから、入居者のプライバシーに関わる情報を伝えてしまったと思ったのか、『この事故については当時地元の新聞にも掲載されたようですが』と言い足した。

岩永さんも少し気まずい気持ちになる。岩永さんの部屋は一階の角で隣人と言えば一人しかいない。つまり、今の話は自分も知る隣人の粟田《あわた》さんの話だったということになるのだから。

粟田さんは五十代くらいの物静かな女性で、岩永さんが日常的に利用している近所のスーパーでパートをしていることもあり、アパートの住人の中では比較的会話をする機会が多い相手だった。今日は暑いですねというような世間話や、どの惣菜《そうざい》がどのタイミングで割引になるのかというような情報がほとんどだったが、一度だけ「職場のつき合いで買ったのだけど一人暮らしだと食べきれないし、他にあげるような相手もいないから」とハムの詰め合わせをもらって意外に思ったことがあった。

粟田さんが一人暮らしなのは知っていたが、自分の母親と雰囲気が似ていることもあり、何となく自分の母親と同じように、子どもは遠方で暮らしているのだろうと思っていたのだ。

——だけど、まさかお子さんが亡くなっていたとは。

いつも穏やかな笑みを浮かべている粟田さんからは想像がつかないだけに、聞いてはならないことを聞いてしまったような気になった。しかも、幼い子どもだったということは、今回の件とは無関係なのだ。

『ちなみに、岩永様のお部屋に事故の後入居された方々からも、特に不都合があるとのご連絡はいただきませんでした』

「……そうなんですか」

担当者の言葉に、岩永さんは声のトーンを落とした。やはり、自分の気のせいなのだろうか。

『もしお引っ越しをご検討されるということでしたら、できる限りお力にならせていただきますが』

気遣わしげな担当者の口調に、慌てて「もう少し様子を見てみます」と答えて電話を切る。

そこから岩永さんはこの件を気にするのを止めることにした。

考えてみれば、どれもそれほど実害があるわけでもないのだ。気味が悪いのはたしかだが、だからと言って改めて家を探し直して引っ越しをするのも億劫《おっくう》である。この件さえ除けば、家賃も間取りも立地も申し分ないのだから。

そして、その後さらに二度ほど排水口の掃除を余儀なくされながらも、気のせいだと自分に言い聞かせて気づかないふりを続ける生活にも慣れた秋口の頃だった。

ある日、岩永さんのアパートに同じ学科の友人である中嶋《なかじま》さんが泊まりに来ることになった。学科の飲み会があり、実家暮らしの中嶋さんが終電を逃してしまったのだ。ほろ酔いで帰路につき、先に風呂を貸して自身はコンビニに寄って買ってきたチョコレートをつまんでいると、風呂場から出てきた中嶋さんがニヤニヤと笑いながら「おまえ、彼女できただろ」と言い出した。

「は？　できてないよ」

岩永さんはすぐさま否定したが、中嶋さんは「隠すなって」とさらに笑みを深める。

「だっておまえ、この部屋、女物の化粧品の匂《にお》いがするぞ」

は、という声が今度は喉の奥に吸い込まれた。慌てて匂いを嗅《か》ぐが、どうも慣れきってしまっているのかよくわからない。だが、そう言えばこの部屋に初めて来たとき、妙に懐《なつ》かしい匂いがするなと考えたことを思い出した。そうだ、あれは母親のドレッサーの匂いと同じではなかったか。

「違うんだって、これは……」

「それに、さっき風呂場にも長い髪が落ちてたし」

ひゅっと短く喉が鳴る。

――やっぱり、気のせいじゃなかったのか。

驚きが顔に出ていたのか、中嶋さんが「え？」と目を丸くした。

「何だよそのリアクション」

「いや……中嶋にも見えるのかと思って」

「俺にも見えるって……え？」

中嶋さんは勢いよく風呂場を振り返り、また岩永さんに向き直る。数秒の間を置いてから、「やめろよー」とのけぞった。

「何だよ、おまえそういう話、好きな口？」

「いや、好きっていうか……」

どう答えたものか逡巡《しゅんじゅん》していると、中嶋さんは「え？」ともう一度声を跳ね上げる。

「嘘《うそ》、マジ？」

一瞬、冗談だって、と笑い飛ばしてしまおうかとも考えた。それでも、結局話すことにしたのは、話さなければ本当に彼女なんかいないということを信じてもらえそうになかったからだ。

この半年の間にこの部屋で起こったことをかいつまんで話すと、中嶋さんは「うわー」と怯《おび》えているのか楽しんでいるのかわからないような声を出した。

「そういう話、やっぱり本当にあるんだなあ」

「信じるのか？」

「え、嘘なの？」

中嶋さんは目をしばたたかせる。

「いや、嘘じゃないけど、俺ならこんな話聞いても信じないなと思って」

岩永さんが思ったことをそのまま口にすると、中嶋さんはハハ、と軽快に笑った。

その笑顔のまま楕円《だえん》形のローテーブル越しに身を乗り出し、「実はさ」と声のトーンを一段落とす。

「俺の高校のときのクラスメイトにも幽霊とか見えるってやつがいたんだよ」

「俺は別に幽霊が見えるってわけじゃ……」

「でも鏡に女の子が映ってるのを見たんだろ？」

中嶋さんはほとんど遮るようにして言いながら、鞄《かばん》からスマートフォンを取り出す。

「岸根《きしね》っていう男なんだけど、修学旅行のときとかもこの部屋は悪い霊がいるから嫌だとか騒いで、勝手に別の部屋に布団《ふとん》と枕《まくら》を持ち込んで」

「それは」

ちょっとヤバいやつじゃないか、と言いそうになったのをこらえた。だが、中嶋さんが「そのときはヤバいやつだなって思ったんだけど」とあっさり言う。

「だけど、その夜その部屋で別のやつがものすごい悲鳴を上げ始めてさ。何もないところに枕を投げながら、こっち来んなとか叫んでんだよ。で、また急に倒れたと思ったら寝息を立て始めて、翌朝昨日のあれは何だったんだって訊《き》いても本人は覚えてなくて」

はあ、という気の抜けた相槌《あいづち》を打ってしまった途端、「あ、おまえ信じてないだろ」と看破された。いや、だって、と言い返そうとしたところで、「言っておくけど、おまえの話だって大して変わんないぞ」とにらみつけられる。それでも岩永さんは「だから俺だったら俺の話を聞いても信じないって」と言い返したが、中嶋さんはほとんど聞いていない様子で「それでそのときはまあ寝ぼけてたんだろって話になったんだけど、その数週間後、同じように修学旅行でその旅館を使った高校のやつが死んだらしいって噂《うわさ》が流れてきたんだよ」と続けた。

「死んだ？　その部屋で？」

「たぶんそうだろ」

「たぶんって……」

「そんなわけで、岸根が言ってたことは本当だったんだって話になったんだけど——

お」

中嶋さんが先ほどから操作していたスマートフォンの画面を見て話を止める。岩永さんが思わず中嶋さんの手元に視線を落とすのと、中嶋さんがスマートフォンの画面を向けてくるのが同時だった。

岩永さんが画面の小さな文字に目を凝らすよりも早く、笑顔で言う。

「明日、岸根がここに見に来てくれるって」

中嶋さんが完全なる善意で動いてくれたことはわかっていたものの、正直なところ岩永さんとしては岸根さんを家に招くのは気が進まなかった。

それは、伝え聞いたエピソードに胡散臭《うさんくさ》さを感じていたからでもあるが、何よりそのエピソードのように「この部屋は悪い霊がいるから嫌だ」などと騒がれたりしたらどんな反応をすればいいかわからないからだ。

嫌だと言われたところで、自分はもう半年以上ここでそれほど問題なく過ごしている。もちろんお祓《はら》いをして何も起こらなくなるならそれに越したことはないけれど、だったらよくわからない同い年の素人《しろうと》ではなく、神社やきちんと看板を掲げて仕事として実績を上げている霊能者などに頼む方がいいのではないかと思うのだ。

だが今さら断るわけにもいかず、翌日、中嶋さんと岸根さんは時間通りに岩永さんのアパートに現れた。

「どうも」と短く言って首だけで会釈《えしゃく》をした岸根さんは、予想に反して——何となく一般的な幽霊像からの連想ゆえか線が細く顔色が悪そうなイメージを抱いていた——ラグビーか柔道でもしていそうな巨漢だった。首がほとんどないように見えるほど太く、血色の良い頬はつるりと滑らかな曲線を描いている。

「中嶋から話は聞きました」

岸根さんは低くハスキーな声で言って岩永さんの背後のアパートを見上げ、すっと両目を細めた。そのまま、数秒間動きを止める。

「お、何かわかったのか?」

「……なるほど」

すかさず中嶋さんが身を乗り出すと、岸根さんは目線をアパートに向けたまま「部屋の中も見せてもらっていいですか」と低くよく通る声で言った。岩永さんは「あ、うん、もちろん」と自室に向かって先導する。

岸根さんは、時折口の中で何かをつぶやきながら部屋の中を見て回った。特に風呂場と洗面所、キッチンを重点的に観察し、玄関から共用部の廊下に出たところで額に滲《にじ》んだ汗を手の甲で拭《ぬぐ》って息を吐く。

そしてその場で岩永さんを振り向くと、

「たぶん、そう悪い霊はいないと思います」

と話し始めた。

「このアパートは水の流れが良くないんですよ。構造上いろんなところに淀《よど》みができている」

「淀み」

中嶋さんが復唱する。岸根さんは顎《あご》を引くようにしてうなずいた。

「ここが一階の角部屋なのもよくないんだろうね。何か竹みたいに流れの所々が節になっていて、そのせいで霊が留まりやすくなっているというか。どの怪異も水場の近くで起きているだろう？　それもそのせいだと思うんだよね」

「だけど、テレビが勝手に幼児番組に切り替わったのは水場は関係なくないか？」

「いや、さっき見せてもらったら、テレビの脇《わき》に瓶入りのマリモが置いてあった」

ふたりとも真剣に考えてくれているのはわかるが、岩永さんとしては共用部の廊下で話しているというのが落ち着かなかった。廊下での話し声は意外と部屋の中にも響くのだ。この会話だけ聞かれれば、十中八九変なやつだと思われる。

「あの」と声を出し、とりあえず話は中で、と続けかけたときだった。

ぎ、という軋《きし》む音を立てて隣の部屋のドアが開いた。岸根さんや中嶋さんが会話を止めて振り向くのと同時に、粟田さんがこちらをそっとうかがうような動きで顔を出す。

「あ、すみません、えっと……」

「実はちょっとこいつんちが出るっていうんで、詳しいやつに見てもらってたんです」

岩永さんが無難なことを言ってごまかさなければと言葉を選んでいるうちに、中嶋さんが勝手に答えた。

「え？」と粟田さんが目を見開く。

「出るって……幽霊？」

「そうです」

迷いなくうなずいた中嶋さんの前に慌てて出て、「いや、あのですね」と言いかけたところで、ふいに粟田さんが口を開いた。

「それって、女の子の？」

「え？」

今度は、岩永さんが目を丸くする番だった。

「もしかして、粟田さんも見たことがあるんですか？」

「さっきちょっと聞こえちゃったんだけど、テレビが勝手に幼児番組に切り替わったりするのよね？」

「そうです。あとは、どう考えても俺のものじゃない髪の毛が落ちてたり、鏡に一瞬だけ姿が映ったり」

岩永さんは言いながら気がはやるのを感じた。やはり、自分だけの気のせいではなかったのだ。

「その子が何を言っているのかはわかる？」

粟田さんもようやく同志を見つけたというように身を乗り出す。

「いや、俺は特に声とかは聞いたことがないんで。粟田さんは何か見たり聞いたりしたんですか？」

岩永さんの問いに、ううん、と力なく首を振った。

「……何を伝えたいのかわかればいいんだけど」

「そうなんですよね。何だかよくわからないからこそ気味が悪いというか」

「でも、ここに洗濯機置場があるのが救いですよ」

岸根さんが、岩永さんと粟田さんの会話に割り込むようにして言い、廊下の一番奥に置かれている岩永さんの洗濯機を指さした。

「今、彼にも説明していたんですが、原因は水が淀んでいることだと思うんです。だから、この水道管を上手《うま》く出口にしてあげれば、ここから淀みが抜けていって、霊が出て来るようなこともなくなるはずです」

そう続けながら、鞄から瓶を取り出す。手のひらに収まるような大きさの、ジャムでも入っているような瓶だ。中には真っ白な粒状の何かが入っている。

「それは？」

「塩」

岸根さんは中嶋さんの質問に単語のみで答えて瓶の蓋《ふた》を開け、洗濯機の脇にしゃがみ込んで中身をこぼし始めた。あっという間に塩が円錐《えんすい》形に盛られていく。

「……盛り塩？」

怪訝そうにつぶやいたのは、粟田さんだった。その聞き覚えがある言葉に、岩永さんもにわかに不安になる。それは、縁起担《かつ》ぎのようなものではないのだろうか。

するとと岸根さんは岩永さんの感情を感じ取ったような間合いで、「これは特別に祈《き》禱《とう》していただいた塩なので、この盛り塩も普通の盛り塩とは違います」と言った。

「この盛り塩が上手く淀みを吸収してくれたら黒ずんでくるはずです。次に僕が来るまで絶対にこれを崩さないようにしてください」

次があるのか、と思いながらも、岩永さんは「もし崩してしまったら?」と尋ねる。

岸根さんは「せっかく吸収したものがばら撒《ま》かれてしまいます」と答えた。

「そうなると、これまで以上に霊を呼び込んでしまうことになるでしょう。動物霊や、今まではこちらに影響を与えることができなかった低級霊までもがこちらにアプローチする力を身につけてしまうわけです」

岸根さんは気象予報士のような口調で言って、廊下を見渡す。

「でも、ここは一番奥で人の通り道でもないし、岩永さんさえ気をつければ他に崩す人なんていないですよね。しばらく雨の予報もないし」

「まあ、そうだけど」

岩永さんは一抹の不安を覚えながら盛り塩を見た。たしかに自分以外の誰かが知らずに崩してしまうような場所ではないが、たとえば自分がうっかり洗濯物を落としてしまうというようなことはあり得る気がする。

「ちなみに、次来るっていうのは、いつになる?」

「三日後にでもまた来ますよ」

岸根さんの答えに、岩永さんはホッと息を吐いた。それなら、念のためそれまで洗濯をしなければいいだけの話だ。

するとと岸根さんは「これだけじゃ心配なようでしたら」と言いながら、奇妙な模様のような文字が書かれた御札を取り出した。岩永さんと栗田さんの家の扉にそれぞれテープで貼《は》り付け、聞き取れないほど小さな声で何か呪文《じゅもん》のようなものを唱える。

「それは、何て書いてあるんだ？」

「これは梵字《ぼんじ》」

中嶋さんの問いに、あまり答えになっていない答えを返し、「これも僕が来るまで絶対に破ったり汚したりしないようにしてください」と厳命してから、パンッと大きな音を立てて手を叩《たた》き合わせた。


だが、その晩のことである。

岩永さんは、夜中に突然大きな虫の羽音のような音を聞いて目を覚ました。まぶたをこすろうとして腕が動かないことに気づき、かろうじて動かすことができた目を薄く開くと、室内には白く光る玉のようなものが飛び交っている。

ぎょっと目を剝《む》いた。

——何だ、これは。

あまりに異様な光景に、心拍数が跳ね上がる。その、どん、どん、という身体の内側から突き上げるような脈動に、ヴァン、ヴァン、という空気の振動が重なって、居ても立ってもいられないような焦燥感に叫び出したくなった。

しかし、声が出ない。口を開けることすらできないことを自覚した途端、どっと波のような恐怖が押し寄せてくる。

あれは、何か良くないものだ、という直感だけがあった。あれに触れてはならない。せめてどこか身を隠せる場所に行かなくてはならない。そう思うのに、身体は少しも動かせない。

ふいに、こちらが見ていることに気づいたら寄ってくるような気がして、慌てて目をきつくつむる。違う、俺は気づいてなんかいない。だから俺にも気づかないでくれ。息を詰めて祈るのに、いつまで経《た》っても音と振動は止まず、せめてこのままもう一度眠ってしまいたいと願うのに、意識は一向に手放せない。

そのまま、どのくらい耐えたのか。突然全身を縛りつけていた力が消えた。恐る恐る目を開けると、光の玉も消えている。

着ていたスウェットの上下が汗でびっしょりと濡《ぬ》れていた。口の中がひどく渇いていて、筋肉が骨から外れてしまったかのように四肢がだるく重い。懸命に上体を起こそうとしたが、頭を持ち上げかけただけで目の奥に突き刺すような鋭い痛みが走った。岩永さんは声にならない叫びを上げて両手で押さえる。すぐに痛みの波は通り過ぎたものの、暗くなった視界に緑や紫の残像のような色がちらついて吐き気がした。

もう一度眠ってしまいたくなるのをこらえてスマートフォンを手繰《たぐ》り寄せ、岸根さんに電話をかける。起こったことをそのまま話すと、岸根さんは『除霊の結果、一時的に霊障が強くなることはよくあります。体内の毒素を出そうとするときに蕁麻疹《じんましん》がひどくなるのと同じです』と答えた。そのあまりに飄々《ひょうひょう》とした口調に、カッと頭に血が上る。

「何だよそれ。そんな話聞いてないぞ」

『そうですか？　でも常識でしょう』

岸根さんはまったく悪びれることなくそう言い、『じゃあ僕はもう一回寝るんで』と告げて一方的に電話を切った。

岩永さんは沈黙したスマートフォンを呆然《ぼうぜん》と見下ろし、一拍遅れて床に投げつける。

ゴン、という鈍い音と共にスマートフォンが跳ね、転がった。

岩永さんは頭を抱えて深くため息をつく。やっぱり、こんなよくわからない素人なんかに頼むんじゃなかった。いや、そもそも別にそれほど実害があるわけでもなかったのだから、何もしなければよかったのだ。栗田さんのことも巻き込んでしまったし——とそこまで考えてハッと顔を上げる。

——栗田さんは、大丈夫だろうか。

そう考えた瞬間だった。

パンッ！

何かが弾け飛ぶような音が響いたと思うと、何か重いものが倒れるような音とガラスが割れる音が続いた。

「え？」

岩永さんは反射的に音の方へと顔を向けてから、それが栗田さんの部屋の方から聞こえたものだと気づく。

「栗田さん？」

岩永さんは慌ててベッドを下り、玄関へ向かった。外へ出ると、まだ真夜中のようだったが、ものすごい音は他の部屋にも聞こえたのか、栗田さんの部屋の反対側の隣の住人である後藤《ごとう》さんも出てくるところだった。

「今の、何ですかね」

たしか岩永さんとは別の大学に通っているという後藤さんは、不安そうな顔で辺りを見回した。

「もしかして、銃声とか？」

その発言は突拍子もないものに感じられたが、一拍置いて考えると、たしかに銃声と聞いて連想する音のイメージとよく似ている。

だが、もし先ほど自分の部屋で起きたことと関係しているのだとしたら――

「粟田さん、大丈夫ですか！」

岩永さんは扉を強く叩きながら声を張り上げた。

「粟田さん！」

「え、ヤバい話とかじゃないんですか？」

後藤さんの視線が粟田さん宅の扉と岩永さんを忙《せわ》しなく行き来する。ヤバい話というか、と岩永さんが説明しかけたところで粟田さん宅のドアノブを回し、

「あ、開いてる」

とつぶやいて扉を開いた。

その途端、部屋の奥で和箪笥《わだんす》が倒れているのが目に飛び込んでくる。続いて、その

下から腕が伸びているのが見えた。

「栗田さん！」

岩永さんはサンダルを脱ぎ捨てて室内に駆け込み、後藤さんと力を合わせて箪笥を起こす。

幸い、栗田さんは箪笥側を足元にして布団をかけていたため命に別条はないようだったが、足に激痛があるようで立ち上がることもできなかった。すぐにタクシーを呼んで救急外来に連れて行ったところ、右足の脛《すね》を骨折していることがわかった。

一体何が起こったのか。栗田さんに訊いても栗田さんは首を振るばかりで、光の玉は見ていないという話だった。とにかく突然パンッという音がして箪笥が倒れてきたらしい。

箪笥は転倒防止用の金具こそついていなかったものの、かなり奥行きがあるデザインで、そう容易に倒れるようなものではなかった。第一、事故が起きた時間に地震は起きていないのだ。

栗田さんはそのまま一泊だけ入院することになり、先に一人で帰ることになった岩永さんは、病院を出るやもう一度岸根さんに電話をした。栗田さん宅で起きたことをひと息に話し、「どう考えても蕁麻疹がどうのってレベルじゃないだろう」と声を荒らげる。

　すると岸根さんは数秒間沈黙した後、『言いつけを守らなかったんじゃないですか』とつぶやいた。

「は？」

『盛り塩と御札ですよ』

「おまえ、まだそんなこと言ってんのか！」

『僕はきちんと、絶対に崩さないように言ったはずです』

　岸根さんが早口に言ったと思うと、唐突に電話が切れた。「は？」岩永さんは眉根《まゆね》を寄せて電話をかけ直す。だが、もう岸根さんは出なかった。

「あの野郎！」

　岩永さんは悪態をつきながら帰路につき、ひとまず後藤さんに粟田さんの診察結果を報告して自室へと向かう。

　だが、ふと粟田さんの部屋の扉を見やった瞬間、喉がひゅっと鳴った。

　御札が、無残に破かれている。

　岩永さんはハッとして自室の扉へ目を向けた。だが、そこの御札は貼られた状態のままだ。眉根を寄せて洗濯機の奥まで回り込むと、盛り塩は微かな膨らみさえ残らないほど崩れていた。

――これは一体、どういうことだ。

『言いつけを守らなかったんじゃないですか』という岸根さんの言葉が耳の奥で反響する。

岩永さんは、もう何をどう考えたらいいのかさえわからなかった。

＊

という話を私が岩永さんから聞くことになったきっかけは、この「小説新潮」に「助けてって言ったのに」という怪談を寄稿したことだった。

「助けてって言ったのに」には本間さんという不動産会社に勤める男性が登場したのだが、この本間さんが同業者にその話をしたところ、そう言えば最近別の同業者からも心霊現象が云々《うんぬん》という話を聞いた、と言われたらしいのだ。

その別の同業者というのが、Tコーポを取り扱っているE不動産の担当者だった。

岩永さんは粟田さんの一件があってすぐに退去を決めたそうなのだが、悪化させてしまった責任の一端は自分にあると考えているらしく、引っ越す前にちゃんとした霊能者にお祓いを頼んでおきたいと言っているのだという。このまま自分だけが逃げ出して、もし粟田さんや次の住人に何かあったら寝覚めが悪いというのだ。

不動産屋なら事故物件を扱ったりもするわけだしちゃんとした霊能者を知っているんじゃないですか、という問い合わせを岩永さんから受けたものの、その担当者はこれまで特にそうしたことに関わった経験はなかったため、アテもなく困っていた。それで、同業者仲間に「どうしたものか」と話していたのが巡り巡って本間さんの耳にも入ったというわけだ。

本間さんが話を聞いて真っ先に思いついたのが、拝み屋の陣内さんのことで、陣内さんにお願いするのならまず榊さんに連絡を、というわけで「助けてって言ったのに」のときと同じように新潮社の綿貫さん経由で話が来て、その流れで私も話を聞く場に同席することになったのだった。

岩永さんの話を聞き終え、榊さんが最初に言ったのが「あー盛り塩系かあ」だった。

「盛り塩系？」

思わず訊き返すと、榊さんは「前に盛り塩ってくくりでコラムを書いたことがあるんだけど、まあ盛り塩絡みでのトラブルの多いこと多いこと」と肩をすくめる。

「トラブルが多いんですか？」

身を乗り出したのは岩永さんだった。榊さんは「多いねえ」とうなずく。

「盛り塩をしたら逆に運気が悪くなったとか、隣人が勝手に家の前に盛り塩を置いてきて困るとか、家の中に置いていた盛り塩を食事に使ったら体調を崩したとか」

「え、食べたんですか?」

「神道《しんとう》では供えたものを食べたりするしね」

榊さんはさらりと答えてから、「そもそも盛り塩の由来も中国の故事からだとか、神道の供え塩だとか、いろいろ説があるんだよ。盛り塩自体に効果があるわけじゃなくて、盛り塩を保つために玄関を綺麗《きれい》にするようになるから風水的に運気が良くなるんだって説もあるし。だからなのかは知らないが、風水と絡めて場所や色や形にこだわる人も少なくないな。まあ、結構こういうまじない系の話ってちゃんぽんになりやすいんだよ」と続けた。

「その岸根っていう子も、盛り塩やってる割に御札は梵字ってことは仏教系だし」

「胡散臭いってことですよね」

岩永さんは合点したようにつぶやく。

だが、榊さんは「まあ、そうとも限らないけどねえ」とボールペンを回し始めた。

「君の言う、いわゆるちゃんとした霊能者の中にもやってることがちゃんぽんな人はいくらでもいるし、結局神道系、仏教系ってくくりだって人間が勝手に分けただけだから」

「……はい」

榊さんの言葉に、岩永さんは叱《しか》られた子どものように小さくなる。すると榊さんはソファの背もたれに後頭部を預けて「とはいえ、ちゃんぽんな人ほど問題を起こすことも多いけど」と続け、パシッとボールペンをつかんだ。

「そういう人は独学なことが多いし、知らずに禁忌を犯していたりとか」

「今聞いた話の中で、何か禁忌なことってありました?」

私がメモを取る手を止めて質問を挟むと、「素人がお祓いって時点で禁忌だと俺は思うけどねえ」と言いながらゴキゴキと首を鳴らす。

「そもそもお祓いとか除霊とかは素人が生半可な知識や力で手を出すもんじゃないんだよ。きちんと祓える実力もないくせに刺激だけするもんだから余計ややこしいことになって、しかも意地になって粘ったりするもんだから、結局にっちもさっちもいかなくなってからプロの霊能者のところに駆け込んでくるってパターンが……」

「すみません」

岩永さんは、皆まで聞くのが耐えがたいというように痛そうな顔をして身を縮めた。

「俺ら、まさにそのパターンですよね」

「でも、岩永さんは意地になって粘ったわけじゃないじゃないですか」

私がただ見ているのも忍びなくて言葉を挟むと、榊さんは、

「何にせよ気になるのは、その粟田さん宅の御札が破れていたり盛り塩が崩れていたりしたってことだな」

とあっさり話を切り替える。

「やっぱり、そのせいで……言いつけを守らなかったからこんなことになったんでしょうか」

岩永さんが不安そうな表情になった。榊さんは「いや」と言いながらボールペンを再び指先で回し始める。

「むしろ、お祓いへの反発で激化した霊の攻撃によって、御札や盛り塩がダメージを受けたっていう方がありがちなパターンだな」

「じゃあやっぱり彼の言う通り、一時的なものなんですかね」

「それはどうかなあ。御札や盛り塩が無惨《むざん》なことになっていたってことは、完全に競《せ》り負けている感じだし」

榊さんは淡々とそう言うと、一拍間を置いてから「まあ、もちろん生きた人間がや

った可能性もあるが」と続けた。

「御札はともかく盛り塩の方は廊下の一番奥にある洗濯機の陰にあったわけだから、無関係の他人が知らずに崩してしまったという可能性は考えにくい――だとすると、事情を知っている人間が故意にやったという線になるが」

「でも、盛り塩のことを知っていたのなんて……」

岩永さんはそこで言葉を止めた。それから顔を曇らせて「……中嶋が」とつぶやく。

そう、話を聞く限り、岩永さんも粟田さんも一人暮らしであるということは、該当する人物は岩永さん、粟田さん、岸根さんを除けば中嶋さんしかいないのだ。一応、共用部の廊下での会話が室内にも聞こえるということは、アパートの他の住人の中にも知っていた人間がいる可能性はあるが、もし話を聞いていたのなら盛り塩を崩したらどうなるのかも知っていたはずで、それなのにわざわざ禁忌を破るとは考えにくい。

それで本当に霊障が悪化したとしたら、自分も困ることになるかもしれないのだから。

だが、中嶋さんは、特に被害を受けるわけではない。

「心配してくれているんだと思ってたのに……」

岩永さんは気落ちした様子で言った。

そのまま沈黙が落ちる。私は口を開きかけたが、特に言うべき言葉は決まっていな

かった。結局再び口を閉じかけたとき、

「まあ、その岸根っていう男の仕業かもしれないけどな」

榊さんがどうでもよさそうな口調でつぶやいた。

「え？」

私と岩永さんは揃《そろ》って声を上げる。

「岸根さんが？」

岩永さんが怪訝《けげん》そうな顔をした。

「さすがにそれは意味がわからなくないですか。だって、そんな自分からお祓いを失敗させるようなことをしたら、自分が恥をかくだけじゃないですか」

「だからだよ」

「……どういう意味ですか？」

「あ」

私は思わず声を漏らした。ふいに、榊さんの言葉が腑《ふ》に落ちる。

だから――お祓いが失敗したら、恥をかくから。

そう、岸根さんは中嶋さんから「お祓いができる人」として呼ばれて来ていた。そして、心霊絡みの話は、どうしても胡散臭いもの、疑わしいものとして扱われがちだ。

「こうすれば祓える」と明言していたにもかかわらず失敗しようものなら、すぐさま不審の念を向けられることになるだろう。——実際、岩永さんがそうしたように。

だが、もしそのとき「言いつけを守らなかった」という弱みが相手にあれば。

「つまり、失敗してしまったときに自分のせいじゃないと主張できるように、予防線として盛り塩を崩しておいたってことですか?」

「あ」

私の言葉に、今度は岩永さんが声を漏らした。

「そう言えば、どうしてあんなに早く言いつけを守らなかったせいじゃないかって言い当てられたのか不思議だったんです。電話をしていた段階では、俺も知らなかったのにって」

しかし、それが岸根さん自身の仕業だったのだとしたら、何の不思議もなくなる。

「その場合、お祓いにとって本当に大事なポイントは他にあるんだろう。盛り塩や御札はダミーで、失敗したらこのせいだって言い張ればいいし、成功したら強い霊だったからダメージを受けたけど競り勝ったと主張すればいい」

榊さんが言うと、岩永さんとしても、友人の中嶋さんの悪意や悪戯《いたずら》の結果だったと考えるよりもよほど飲み込みやすい説だったのか、

「なるほど、たしかにそれなら辻褄《つじつま》が合います」

と小刻みにうなずいた。


というわけで、やはり今度こそきちんとした霊能者にお願いした方がいいだろうという話になり、拝み屋の陣内さんに頼むことになったのだが、問題は肝心の栗田さんがお祓いを拒絶しているということだった。

これまで問題なく過ごしていたところに突然よくわからない人間が「お祓いをする」と言い出したせいでひどい目に遭ったわけなのだから、もう二度と御免だと思うのも無理はない。

だが、本当ならば最もお祓いが必要なのが栗田さんの部屋なのである。明らかに栗田さんの部屋の方が岩永さんの部屋よりも強く霊障が出ているし、何より栗田さんはこれからもここに住み続けるようなのだから。

結局、仕方なくまずは岩永さんの部屋だけやって少しでも状況を良くしてから、再度改めて栗田さんの部屋もやらせてもらおうということになった。

既に荷物がすべて運び出されて空室となった岩永さんの部屋に集まったのは、岩永さん、陣内さん、榊さん、私の四人。

陣内さんはひと通りの挨拶《あいさつ》を終えると「では早速」と言って部屋から出て、洗濯機の前に立った。榊さんがどの程度説明したのかは知らないが——おそらくほとんどしていないのだろう——盛り塩がしてあったという隅をじっと見下ろす。

「やっぱり、そこに何かあるんですか？」

不安そうな声で訊いたのは岩永さんだった。陣内さんは「そうですね」とうなずいて、そのままその場に正座をした。それ以上何かを尋ねる間もなく、拝み始める。

残された私たちは顔を見合わせたものの、陣内さんにならってその後ろに座ることにした。

前回同様、今回も陣内さんのお祓いは静かなものだった。

いや、そもそもお祓いという言葉自体がそぐわないのかもしれない。陣内さんは何も持たずに正座をし、両手を合わせて文字通り拝む。その姿は、祓うというような動きのあるイメージではなく、普通の人が親族の仏壇に向けて日々の出来事を語りかけているかのような自然さがあった。

だからこそ、拝んでいる陣内さんの近くにいると、自分も自然と拝みたくなる。私自身は霊が見えることはなく、存在を感じることもできないというのに、それでも何となく「何かつらいことがあるのなら、それがなくなりますように」と祈りたくなるのだ。

だが、それはまさにこの陣内さんから禁じられたことだった。

『その霊との縁を作りたくなければ、寄り添うように語りかけてはいけません。関わりのない死者に対して祈りを捧《ささ》げることは、それまで存在しなかった縁を自ら作ってしまうことになります』

陣内さんの言葉に、思わずぎくりとしたことまでが思い出される。そして、その思いは、前回陣内さんに言われたときより、こうしてまた怪異の現場に立ち会うことになった今の方がより強くなっているのだった。

最初にこの「小説新潮」に「染《し》み」という原稿を寄稿したとき、私は自分がいわゆる怪談なるものを書くのはこれが最初で最後であろうと考えていた。

元より霊感があるわけでもなく、怪異を目《ま》の当たりにした経験も「染み」で書いた一件以外にはなかったからだ。怪談を読むのは昔から好きだったが、実体験として怪異を語る人に会ったこともほとんどなかった。

だが、「染み」を発表してからというもの、怪異の話を聞く機会が格段に増えた。

そして、こうして実際に怪異が起きた現場を訪れてお祓いに立ち会うようにもなった。

怪談に限らず、何事も「こういうものが欲しい」「こういうことが知りたい」と公言することで、その物や情報が集まってきやすくなるというのは聞いたことがあったが、まさか本当にこんなにも集まってくるようになるとは。

しかし考えてみれば、内心で語りかけるだけでも縁ができてしまうのだとしたら、怪異についての話を聞き集め、その背景について思いを馳《は》せ、何時間も何日もそのことについて考え続けて言葉にするという作業が縁を作らないはずがないのかもしれない。

——よく聞く「怪を語れば怪至る」という言葉も、この延長線上にあるのだろうか。

ふいにそんな思いが浮かんだのは、実は四話目を書いていた頃に車に轢《ひ》かれかけたことがあったからだ。

無論、それ自体は別段不思議なことではない。ただ気になったのは、その運転手が私を凝視した一瞬後、なぜ自分がたった今信号を無視したのかわからないというように勢いよく信号がある斜め後ろを振り向いたから——そして、まったく同じことが二度立て続けに起きたからだ。

私は当時、ツイッターでこんなツイートをしている。

〈ここ数日怪談を書いているんだけど、なぜか立て続けに2回車に轢かれかけていて

〈突然車が赤信号をぶっちぎってきて、えっ！と思ったら、えっ！という顔をした運転手とガラス越しに目が合った。2回とも）このまま続きを書いてもいいものかどうか迷う〉

迷う、と書いているものの、正直なところ、このツイートをしたとき私は本気で心配してはいなかった。二度も車に轢かれそうになったのは事実であるが、どちらも実際にぶつかりはしなかったからだ。

だからこそ、ツイッターに投稿しただけでそのとき書いていた四話目で触れることはなかったのだが――そんなふうにつらつら考えていたときだった。

「無理に作った縁は歪《ゆが》むものですよ」

陣内さんの声にハッとして顔を上げる。またしても、私が考えていたことがわかったのだろうか。バツの悪さを感じながら陣内さんを見たが、陣内さんは正座をして前を向いたままだった。

「こういう呼び方で出て来るのはお嬢さんではないんです」

呼び方？　お嬢さん？　一体何の話をしているのか――怪訝に思って、陣内さんの視線の先を確認したときだった。

ぎ、という微《かす》かに軋む音がして、ゆっくりと隣の部屋の扉が開く。岩永さんの話に出てきた粟田さんか、と認識するのと、アルコールの濃い匂《にお》いが鼻孔をつくのが同時だった。

私は松葉杖《まつばづえ》をついた粟田さんを凝視する。岩永さんから聞いていた『いつも穏やかな笑みを浮かべている』という話の印象とはあまりにも隔たりがあるように思えた。自宅で怪異に見舞われて大怪我をしたわけなのだから心身共に参っていて当然だが、それにしてもひどく窶《やつ》れて目が据わっている。

粟田さんは、陣内さんしか見ていなかった。陣内さんもまた、粟田さんから視線を外そうとしない。

数秒間、にらみ合うような間が空いた。

私は、二人を交互に見ながら唾《つば》を飲み込む。やはり、粟田さんはお祓いを警戒しているのだろうか。だが、粟田さんは「もうお祓いなんてしないでって言ってるのに」と騒ぐわけでもない。

「……どうして」

粟田さんが、かすれた声でつぶやくように言った。

その瞳《ひとみ》は、怒りよりもむしろ怯《おび》えをたたえているかのように見える。けれど、一体何に怯えているのだろう。どうして、というのは何に対しての言葉なのか——そこまで考えた瞬間、栗田さんが何か重たいものに押し潰《つぶ》されるかのように顔を伏せた。

「なら……どうやったらあの子は」

――あの子？

私は眉根を寄せ、一拍遅れて先ほどの陣内さんの言葉が栗田さんに向けられていたものだと気づく。

『こういう呼び方で出て来るのはお嬢さんではないんです』

ガンッと後頭部を強く殴られたような衝撃が走った。

――どうして、気づかなかったんだろう。

そう、考えてみれば、栗田さんは十五年ほど前に娘さんを亡《な》くしていたのだ。

岩永さんが見たのは女子高生らしき霊で、亡くなった栗田さんの娘さんは当時四歳だったということは、これら二つのことは無関係だろうと考えていた。

だが、よくよく岩永さんの話を思い返してみれば、栗田さんは霊の外見を聞いていないのだ。聞こえたのは、岸根さんたちが共用部の廊下に出てから話した――テレビが勝手に幼児番組に切り替わったというところだけ。

『出るって……幽霊？』

『そうです』

『それって、女の子の？』

栗田さんは岩永さんが詳細を語るよりも前にそう口にした。それによって岩永さんは、自分だけではなく栗田さんも同じ霊を目撃したのだと考えた。

しかし、その後栗田さんは『栗田さんは何か見たり聞いたりしたんですか？』という岩永さんの問いに首を振っているのだ。

栗田さんは、何か見たわけでも聞いたわけでもなかった。それにもかかわらず、すぐに『女の子の？』という言葉が出てきたのは――真っ先に娘さんの霊かもしれないと考えたからではないか。

娘を失い、自身はその姿も声も感じ取ることはできず、それでもつらい記憶があるだろう同じ部屋に住み続けていた栗田さん。

その栗田さんの耳に、岩永さんの話はどう響いたのか。

やっぱり、あの子はずっとここにいたのかもしれない。私に向かって何かを訴え続けていたのかもしれない。それなのに、どうして感じ取ってやることができなかったんだろう。あの子は私に何を言おうとしていたんだろう。

だけどもし、自分には感じ取れなかった何かを感じ取れる人がいるというのなら。

それは強い自責の念であると同時に、希望でもあったのではないか。もしかしたら、もう一度娘と会えるかもしれない。

だが、その後すぐ、岸根さんはお祓いの話をし始めた。そしてそのまま、『霊が出て来るようなこともなくなるはず』だという盛り塩までしてしまった。

栗田さんは焦《あせ》ったことだろう。これでもし、本当に娘の霊が出てこられなくなってしまうとしたら。

一度でも希望を抱いてしまったからこそ、それは耐えがたい事態だったに違いない。

そしてそのとき、岸根さんは盛り塩を崩してしまった場合の報いとして、こう告げた。

『今まではこちらに影響を与えることができなかった低級霊までもがこちらにアプローチする力を身につけてしまうわけです』

岩永さんにとっては、それは当然忌《い》むべき事態だった。

話を聞いた私たちにも、それは疑いようのない事実だった。

――だが、栗田さんにとってはまったく違ったのではないか。

今まではこちらに影響を与えることができなかった低級霊までもがこちらにアプローチする力を身につける――もし本当にそうなれば、今度こそ娘の霊を感じ取れるようになるかもしれない。

「危険だということはわかっていたでしょう」

陣内さんが、どこか悲しそうに眉尻《まゆじり》を下げて言う。粟田さんは唇を固く引き結んだまま答えなかった。けれど、下手をすれば命を落としていたかもしれない目に遭ってもなお、この部屋に住み続けようとしていること自体が、答えなのだろう。

粟田さんは、その危険性がわかっていても、試してみずにはいられなかったのではないか。

『何を伝えたいのかわかればいいんだけど』

『そうなんですよね。何だかよくわからないからこそ気味が悪いというか』

粟田さんの言葉に、岩永さんはそう答えていた。けれど、粟田さんにとってそれは、まったく違う意味の——もっと切実な思いだったのではないか。

陣内さんは両膝《ひざ》に手をつき、ゆっくりと立ち上がった。粟田さんの前に立ち、「お神酒《みき》はたしかに神様の霊力を分けていただくものではあるのですが」とつぶやいてから、微かに目を細める。

「ちっちゃくなっちゃうよ、って心配していますよ」

粟田さんが、短く息を呑《の》んだ。大きく見開かれた目がみるみるうちに潤《うる》んでいく。そのまま、扉にすがりつくようにして泣き崩れた。

「粟田さん?」

岩永さんが慌《あわ》てたように栗田さんに駆け寄る。困惑げに陣内さんを見上げながら栗田さんの背中をさすった。

私はその、一体何の話をしているのかわからないというような表情を見下ろしたまま、動くことができない。お酒、ちっちゃくなっちゃうよ——ふいに、その言葉の意味が、わかってしまう。

私はその言葉を、自分の娘が口にするのを聞いたことがあった。

『お父さんだけお酒飲んでずるいー』

休日の夜、リビングで缶ビールを飲んでいる父親にまとわりつきながら、不満そうに唇を尖《とが》らせた娘。

『これは大人の飲み物だから。飲むと大きくなれないよ』

娘の腕が届かないように缶ごと高く持ち上げて言った父親に、娘はきょとんとして首を傾《かし》げた。

『のんだら、ちっちゃくなっちゃうの？』

鼻の奥が鋭く痛み、咄嗟《とっさ》に拳《こぶし》を鼻に押し当てる。

——私は、何もわかっていなかったのではないか。

この一年半、いろいろな人から怪異の話を聞き、怪談を書いてきた。怪異が起きた現場を訪れ、お祓《はら》いにも立ち会い、霊に向かって心の中で語りかけて陣内さんにたしなめられたりもした。

しかし結局のところ私は、霊というものが何なのか、本当には考えようとしていなかったのではないか。

かつて、この世で、誰かとの関わり合いの中で生きていた人。

足元から、何かが崩れていくような気がした。

私にとって怪異とは、恐ろしく、忌むべきものでしかなかった。お祓いをし、できるだけ遠ざけるべきもの——そう信じて疑わずにいたからこそ、粟田さんの思いに気づくことができなかった。

自分の生活の中に存在した大切な人が、ある日を境にいなくなる。声も聞けず、姿も見えず、こちらの言葉も届かなくなる。

脳裏に、これまでに関わり、死別によって会うことが叶《かな》わなくなった人たちの顔が、次々によぎっていく。交わした言葉、向けられた表情、その人とのエピソードが、もう増えないということ。

その絶対的な断絶を前に、怪異とは、怪談とは、どんな存在になるのか。

粟田さんにとって怪異とは、何を犠牲にしてでももう一度会いたい、ただ一人の娘だった。

怪談とは、もう一度新たに触れることができる娘との物語だったのだ。

その年の暮れ、粟田さんが引っ越したらしいことを本間さん経由で聞いた。

本間さんは「陣内さんに御礼を伝えておいてほしいそうです」と話したあと、ため息交じりに「娘さんは、お母さんについていけたんですかねえ」と続ける。そうであってほしいと願うような声音に、私はただ小さくうなずいた。

本当のところは、何もわからない。あるいは、もしかしたら陣内さんに訊《き》けばわかるのかもしれないが、あえて確かめる気にはなれなかった。

だが、少なくともその後粟田さんが住んでいた部屋に入居した人からは、何の怪異の連絡も来ていないという。

最終話　禁　忌

書き下ろし

二〇一八年一月、単行本にまとめるため、各話の雑誌校了時のデータを印刷所から取り寄せてもらった。

不定期掲載で、一話目を書いてから五話目を書き終えるまでにそれなりに時間がかかったこともあり、榊さんや陣内さんについての説明が重複していたり、イニシャル表記と仮名表記が混在していたりと、細かな修正が必要だったからだ。

また、同じデータを榊さんにも送ることになった。せっかくだから新潮社の新刊情報誌「波」に掲載する本書の書評は榊さんに書いてもらったらどうか、という話が持ち上がったのだ。

榊さんは『この榊桔平というキャラクターが魅力的だって書こうかな』と乗り気で、私が改稿を終えるよりも早く原稿を上げてくれた。本当に自分のキャラクターを褒めているのかと思ったものの、一足先に読ませてもらったら意外なほど普通の書評として作品を褒めてくれていて、何だか無性にこそばゆくなる。

だが、これを励みに刊行まで気を抜かずに頑張ろう、と心に誓ったところで、榊さんから『やっぱりあの原稿は差し替えたい』という連絡を受けた。

え、と私が言葉を失っていると、『今、編集者にもメールしたから』と告げられ、『あの、差し替えるっていうのはどの辺りを……』と尋ねる声がかすれる。榊さんはそれには答えず、『ところで』と切り出した。

『どうしてこの五つ目の話を書こうと思ったんだ』

「……何か問題がありましたか」

私はさらに不安になり、携帯を握る手に力を込めた。だが、榊さんは『いや』と短く否定し、『で、どうして書いた』と繰り返す。

「どうしてって……成り行きというか」

『一話目は「神楽坂《かぐらざか》怪談」を書くよう依頼があったから。二話目は一話目を読んだ君子さんから話をされたから。三話目は、その二話目の件で連絡を取ったついでに俺がふと思い出して話したから。四話目は、「小説新潮」の校閲担当者が不動産会社勤務の飲み仲間に三話目の話をした流れで怪異が起こる家の話をされたから。五話目は、その飲み仲間の不動産会社社員が同業者に四話目の話をしたところ、さらに別の同業者がお祓《はら》いをしてくれる霊能者を探しているらしいという話になったから』

榊さんがひと息に言った。あまりに淀《よど》みない口調に、私は言われた内容について深く考えることもできず「あ、はい、そうです」とひとまずうなずく。

『つまり、どれも別々の流れでたまたま持ち込まれた話だということになる』

「そうですけど……」

それがどうしたんですか、と尋ねる間もなく、『他にもいろんな話が持ち込まれたんじゃないか』と質問を重ねられた。

「いろんな話？」

『「染《し》み」を発表してから怪異の話を聞く機会が格段に増えたって書いてあっただろう。他にもいろんな話を聞いたんじゃないのか？　その中で、どうしてこの話を書くことにしたんだ』

たしかに、他にもいろんな話を聞くようにはなった。その理由は、おそらく単純だ。「今はどんな話を書いているのか」という世間話に「怪談を」と答えるようになったため、その流れで「怪談と言えば、こんな話を聞いたことがある」というように打ち明けてもらう機会が増えたからだ。

編集者や友人、同業者など、いろいろな人からいろいろな不思議な話を聞いた。どの話も非常に興味深く、私は身を乗り出して聞き、話が終わってからも何度も反芻《はんすう》した。

だが、それらを文章にして怪談の形にすることがなかったのは、どれも長さが原稿用紙三枚から十枚ほどにしかならない話だったからだ。

考えてみれば、世に出ている実話怪談の多くは掌篇《しょうへん》である。状況や経緯が簡潔に提示され、怪異の内容が描写されたと思うと、潔《いさぎよ》いほどすばやく幕が引かれる。だからこそ、突然見知らぬ異界へと連れ出されてそのままポンと置き去りにされるような感覚を覚えるのだ。その、本を閉じても読む前と同じ場所には戻ってこられないような感覚――信じてきた世界が揺らぐ恐怖こそが実話怪談を読む醍醐味《だいごみ》だと思うのだが、物語にとって不必要な要素が増えれば増えるほど、その威力は弱まっていく。

そのことに今さらながら気づいたのは、これまでの五話においてはどれも核となる怪異の周囲に興味深い謎《なぞ》があり、さらに書かずには物語を閉じられないような後日談があったからだった。つまり、必然的に掌篇に収まらないような出来事がたまたま集まっていたということである。

いや、逆に言えば、最初に書いたのが「染み」でなければ、掌篇を何十個と書き溜《た》めて一冊にしようという向きもあったことだろう。だが、私は「染み」を契機として怪談を書き溜め始め、ここまで来た。

『意図的に選んだわけじゃないんだな』

「意図的にというか、それも成り行きというか……何となく、これなら短篇になりそうだという話が見つかったから書いたというか」

『じゃあ、わざとじゃないのか』

「わざと？」

先ほどから、榊さんが何を話そうとしているのかわからなかった。わからないからこそ、落ち着かない気持ちになる。

「あの、それはどういう……」

『今回、この話を改めて読んでいたら気になったんだ』

榊さんは私の言葉を遮るようにして言った。

『この岸根という男がこの後どうなったのか』

そう続けられて、この話というのが五話目の「誰かの怪異」のことだと遅れて理解する。そう言えば岸根さんの消息は「岩永さんが電話をかけ直したけれど出なかった」という以降は書かなかったし、そもそも岩永さんからも聞いていなかった。話の本筋とは関係なかったからだ。

だが、言われてみればたしかにあの後どうしているのか気にはなる。岩永さんは敢《あ》えて再び連絡を取ったりはしなかっただろうから、盛り塩や御札がダメージを受けていた本当の理由は知らないままのはずだ。それとも、中嶋さん経由で聞いただろうか。

「せめて自分のせいだったわけじゃないと知っていてくれたらいいんですけど」

『死んだそうだ』

「え？」

一瞬、何を言われたのかわからなかった。訊《き》き返そうと口を開くが、舌が上手《うま》く動かない。そのまま何も言えずにいるうちに、榊さんが『あの一件の直後らしい』と続ける。

『この件のときにも話したが、盛り塩について書く機会は少なくないんだよ。だから、この男についてはいつか自分でも書くかもしれないし一応調べておこうと思って岩永くんに中嶋くんを紹介してもらったんだが』

経験上、こういうことは書くことが決まっていなくても関わったタイミングから時間を置かずに調べておいた方がいいんだ、と榊さんは言い足し、『だけど、まさかなあ』とひとりごちる。

私もぎこちないながら、「はい」と相槌《あいづち》を打った。

「本当に、まさか亡《な》くなったなんて……」

『それより問題なのは死に方だよ』

「死に方?」

訊き返しながらも答えを聞きたくない気持ちがよぎった。だが、榊さんは感情を悟らせない平坦《へいたん》な声で、ほとんど間を空けずに答える。

『突然、叫びながら車道に飛び出したらしい』

「……叫びながら車道に飛び出した」

私はオウム返しにした。まだその意味が理解できていないというのに、先に心拍数が上がり始める。

それは、つまり、どういうことなのか。

『気にならなかったか? 岸根という男は、盛り塩について説明するとき「特別に祈《き》禱《とう》した塩」じゃなくて「特別に祈禱していただいた塩」だと表現していた』

「それって……」

『誰か、別の人間が祈禱していたことになる。——それもおそらく、彼にとっては師匠筋に当たるような目上の誰か』

師匠筋、という言葉の意味がすぐにはイメージできなかった。シショウスジ、とカタカナで耳にしているような感覚に陥る。

『彼が通っていた大学に行って、生前に彼がよく会っていた人や話題にしていた人がいないかを聞いて回ってきた』

榊さんはほんの少し生き生きした口調で言った。いつの間に、とも思うが、そういう人だとも思う。榊さんは、とにかくフットワークが軽くて、その気になったら躊躇《ためら》いなく突き進んでいく人だ。私はずっと、それを榊さんの美点だと考えていたし、その思いに変化があるわけではない。だが──

『小花柄のチュニックを着たおばさんと会っているのを見たという人がいた』

ぎくり、と全身が強張《こわば》った。

「まさか……」

『その人は、おそらく彼のお母さんなんだろうと思っていたそうだ。それが、葬式で会った母親がまったく別の人だったから驚いたと』

──その霊との縁を作りたくなければ、寄り添うように語りかけてはいけません。関わりのない死者に対して祈りを捧《ささ》げることは、それまで存在しなかった縁を自ら作ってしまうことになります。

脳裏には、陣内さんの言葉が蘇《よみがえ》っていた。

そして、そのことに合わせて自分が書いた言葉。

――内心で語りかけるだけでも縁ができてしまうのだとしたら、怪異についての話を聞き集め、その背景について思いを馳《は》せ、何時間も何日もそのことについて考え続けて言葉にするという作業が縁を作らないはずがない。

どうしてこの五つ目の話を書こうと思ったんだ、という榊さんの問いが頭の中を巡る。

一話目を書いたことで二話目の話を聞いた。二話目を書いたことで三話目の話を聞いた。それらを発表してきたことで、四話目、五話目の話も転がり込んできた。

いつの間に、ここに吸い寄せられてきてしまっていたのか。

目の前の原稿に視線を落とすと、そこには私がツイッターに書き込んだ文面があった。

〈ここ数日怪談を書いているんだけど、なぜか立て続けに2回車に轢《ひ》かれかけていて〉

〈突然車が赤信号をぶっちぎってきて、えっ！　と思ったら、えっ！　という顔をし

た運転手とガラス越しに目が合った。2回とも）このまま続きを書いてもいいものかどうか迷う〉

『本文の入稿〆切《しめきり》はいつだ』

榊さんの声が、奇妙にくぐもって聞こえた。

「え?」

『〆切だよ。いつまでに戻せばいい』

「えっと……遅くても二月中旬までには」

私は視線をさまよわせながら、つい最終的なデッドラインを伝えてしまう。本来ならば、榊さんのチェックをもらった上で自分が最終チェックをする時間を取らなければならないというのに。

だが、訂正する間もなく、榊さんは『了解。じゃあまた連絡する』と言って電話を切った。

私は、通話終了、と表示された携帯を呆然《ぼうぜん》と見下ろす。数秒して我に返ってかけ直したが、もう電話は繋《つな》がらなかった。

この本は、本当に発表するべきなのだろうか。

私は榊さんからの電話を受けて以来、何度も自問した。

そもそも、単発の依頼として受けた「染み」の後、さらに続けて怪談を書くようになったのは、単行本の形で発表することで少しでも多くの人に読んでもらい、情報を集めるためだった。

だが、これ以上、このことに関わって本当にいいのだろうか。

迷いながらも、どうすればいいのかわからずに原稿チェックを進めていた。細かな文章のリズムを整えては、こんなことをしている場合なのかという焦燥感に襲われる。それでも何とか五話目までチェックを進め、問題の岸根さんのシーンまで辿《たど》り着いたときだった。

これは特別に祈禱していただいた塩なので、という榊さんも引っかかっていたフレーズを目にした途端、ふいに疑問が湧《わ》いてくる。

――そう言えば、なぜ岸根さんは「罰」を受けることになったのだろう。

「染み」に登場した角田さんの彼や角田さんは、あの占い師を怒らせるようなことをしてしまっていた。早樹子は特に揉《も》めるようなことはなかったと言っていたが、もしかしたら本人も気づかないうちに怒らせてしまっていたのかもしれない。

だが、岸根さんはあの占い師を崇拝していたはずではなかったか。それなのに、なぜ――

私は握りしめていた赤いボールペンを机に置き、両目をつむる。

岸根さんは、あの占い師に祈禱してもらった塩――あるいは御札も――を使って、お祓いを行った。けれどその晩、岩永さんからは抗議の電話がかかってきた。

そのとき岸根さんは、飄々《ひょうひょう》とした口調で『除霊の結果、一時的に霊障が強くなることはよくあります』と答えたという。だが、それから数時間して、もう一度岩永さんから連絡を受け、粟田さんが被害に遭った話を聞かされた。

岸根さんは、岩永さんに責められても『僕はきちんと、絶対に崩さないように言ったはずです』と言って受け付けなかったらしい。

けれど、内心はどうだったのだろう。

彼は、本当に少しも盛り塩や御札の効力を疑わなかったのだろうか。

高校時代の同級生に頼られたというのに、恥をかくような結果になったのだ。信じていたのに、と裏切られたような気持ちになったとしてもおかしくないのではないか。

その疑いを占い師にぶつけたとしたら――そこまで考えた瞬間だった。

『絶対に疑ってはいけないの』

突然、脳裏で声が響いた。

私は視線を宙に泳がせる。何だろう。この言葉は。私は、どこでこの言葉を耳にしたのだろう。いや、耳にしただけではない。私はたしかに、この手でこの言葉を書いたことがある。目にしたことがある。だが、一体どこで——そのときふいに、ダブルクリップを外されて散らばっている原稿が目に飛び込んできた。

『心から信じておすがりするのよ。わたしも幼い頃から勘が良すぎるところがあって苦労していたんだけど、シンドウさまにお導きいただくようになってからすごく楽に生きられるようになったの。由美ちゃんもつらいことがあったと思うけど、シンドウさまにおすがりすればだいじょうぶだからね』

二話目「妄言」の寿子さんが帰依《きえ》していたという「シンドウさま」は宗教団体ではなく、一個人の霊能者だという話だった。そして、彼女はその「シンドウさま」からもらったという御札を持っていた。

――もし、その霊能者というのが、あの占い師と同一人物だったとしたら。

さすがにそんなわけはないだろう、とすぐさま意識が否定しにかかる。けれど同時に、だとすれば、と思考が進んでいってしまう。

――だとすれば、罰の引き金とは、怒らせることではなく疑うことだったのではないか。

なぜ、あの占い師と揉めなかったはずの早樹子まで被害に遭うことになってしまったのかがずっとわからなかった。本人も気づかないうちに怒らせてしまったのだとしても、それが何なのかわからなかった。

けれど、考えてみれば早樹子は死の直前、留学するためにずっとつき合ってきた彼と別れている。

――あの占い師に、このままで大丈夫だから絶対に別れたらいけない、と言われていたというのに。

それはつまり、あの占い師の言葉を疑ったということになりはしないか。

私は震える手で原稿をめくっていった。早くしなければ、と思うのに、焦点がぼやけて上手く文字を追えない。指が滑り、机から原稿の半分が落ちてしまう。

私は慌《あわ》てて床にしゃがみ込み、膝《ひざ》をついて散らばった原稿をかき分けた。どこだ、どこだ——自分でも、自分が探しているものが何なのかわからない。思考が一向にまとまっていかない。それでも、手は勝手に原稿を仕分けていく。

やがて、あるページが現れた。

二話目「お祓いを頼む女」の平田さんと、君子さんの会話だ。

『神社に謝りに行ってもまだ金縛りに遭うから、トシフミを連れてわざわざ電車を何回も乗り継いで東京の不便なところにいる霊能者に相談にも行ったんですよ。でも、その人はろくにこっちの話も聞かずに気のせいだなんて言って』

「あの、その話も後で……！」

『よく当たるって話だったのに、インチキだったんです。やっぱりもっとちゃんとした人にお願いしないとダメだってわたし……』

東京の不便なところという表現に、私は二十三区外のどこかを指しているのだろうと思っていた。だが、平田さんは群馬県に住んでいた。群馬県のどこかはわからないが、たとえばそれが高崎だったとしても、新幹線を使わなかったのなら神楽坂へ出るまでは高崎線や埼京線、山手線や東西線を乗り継ぐことになり、ゆうに二時間以上はかかる。

そして、彼女が口にしていた「よく当たる」という表現。

――もし、彼女が相談に行ったというのが、あの占い師のところだったとしたら。

私は目の前に並んだ活字を呆然と見下ろした。

平田さんが主張していた怪異の内容は、父親の死、祖母の死、金縛り、病気がちになったこと、夫の交通事故、息子の外出と痣《あざ》、そして幻聴だ。そのうち、長年闘病していたという父親の死に不審な点はないだろうし、その後を追うように祖母が亡くなったということも、年齢的に考えてそれほど異常なこととは思えない。金縛りや病気も、近しい人の不幸が続いたことで心身に疲れが溜まってしまったからだと考えることができる。金縛りの最大の原因は疲労であると言われているし、睡眠不足になれば病気にもかかりやすくなるからだ。

さらに、夫の交通事故、息子の外出と痣についても、夫がはねてしまったのが息子だったということで説明がついた。

いまだ説明がついていないのは、息子の幻聴と――平田さん自身の死だ。

平田さんはすべての怪異を狛犬《こまいぬ》の祟《たた》りだと信じ込み、霊能者の元を訪れた。しかしそこで祟りについて否定され、その霊能者をインチキだと断じた。

もし、そこで、別の「祟り」を背負うことになってしまっていたとしたら。

私は床の上に散乱した原稿に手を伸ばしかけ、指先が触れる直前で止める。私が約一年半をかけて、その時々に転がり込んできた話を行き当たりばったりに書いてきたはずの五つの短篇。

考えてみれば、これらの短篇には共通して登場する単語がいくつもあったのだ。霊能者、御札、お祓い、怪異、縁——おそらく普通の短篇小説集なら、ここまでモチーフが重なってしまっていれば問題になったはずだ。だが、怪談なのだからそういうものなのだろう、と誰も気に留めることはなかった。

いつの間に、ここに吸い寄せられてきてしまっていたのか、と先ほど考えたことが蘇る。時間をかけて少しずつここに誘導されていたのだろうかと——けれど、本当は最初から、ずっと照準を定められていたのだろうか。

そんなはずはない、考えすぎだ、ともう一度思いながら、これで四話目が繋がっていないことなどあり得ない気がしてくる。

そうだ。四話目の「助けてって言ったのに」でも、静子さんは何人かの霊能者に相談に行ったと言っていた。そして静子さんたちの家は飯田橋——つまり、神楽坂から徒歩圏内にある。もし、静子さんが訪ねた霊能者の中に、あの占い師がいたんだとしたら。

　きっとそうなのだ、という思いと、全部私の妄想だ、という考えがせめぎ合ってい
た。私はすがるように携帯をつかみ、着信履歴から榊さんの番号を選んで発信する。
だが、榊さんは電話に出なかった。留守電に至急折り返しがほしいとメッセージを
吹き込んだものの、しばらく待っても折り返しはかかってこない。
　私は居ても立ってもいられずに、ひとまずメールの文面を作り始めた。もしかした
ら、二話目、三話目も、一話目と繋がっているかもしれない、私自身が車に轢かれか
けたことも、やはり無関係ではないのではないか——そうずらずらと書き並べ、翌朝
になっても連絡がつかなければ送ろうと下書きフォルダに保存する。
　家族が起きてくるまでに一時間半でも仮眠を取っておこうと布団《ふとん》に入ったが、結局
そのまままんじりともせず朝が来た。仕方なくリビングに戻ってメールの下書きフォ
ルダを開き、読み返したところで、やっぱり、という思いが浮かぶ。やっぱりもうや
めましょうと言うべきなんじゃないか。榊さんのことだから、きっと私の話にどのく
らい信憑性《しんぴょうせい》があるかに関係なく面白がるだろう。いいねえ、と声を弾ませ、とにかく
もっと調べてみようと言い出すはずだ。

それでもし――榊さんの身にまで何かあったりしたら。

結局、私は再びメールを閉じ、とにかく先に静子さんに電話をしてみることにした。繋がっているかもしれないと思うから不気味なのだ。これで、少なくとも四話目だけでも無関係だとわかれば、やはり考えすぎだったのだろうと思い直すことができる。

九時が過ぎるのを待ってから電話をかけ、突然の非礼を詫《わ》びながら切り出すと、静子さんは『私が相談に行った霊能者?』と怪訝《けげん》そうな声を出してから、『そもそも私がご相談した方の中に女性はいなかったけど』と続けた。

私は、詰めていた息を漏らす。

――やはり、考えすぎだったのだ。

そうだ、君子さんも『幽霊の正体見たり枯れ尾花』と言っていたではないか。それに落ち着いて考えてみれば、静子さんは悪夢を見るようになったから霊能者を訪れたわけで、時系列からしてもその霊能者が原因だったはずがないのだ。

どうしてそんなことを訊くのかと尋ねられたので、あくまでも別の怪異についてだがそういう女性が怪異の元凶かもしれないという話が出てきたのでと説明すると、静子さんは、少なくとも自分はそんな女性とは怪異の前にも後にも関わった覚えがない、疑うも何も、そもそも占いや予言めいたことを言われたこともない、と言う。

私は妙な質問をしたことを謝り、挨拶《あいさつ》を交わして電話を切った。

ふと顔を上げると、電源の消えたテレビ画面に両手で携帯を持って背中を丸めている自分の姿が映っているのが見えて、急に自分が滑稽《こっけい》に思えてくる。

私は下書き保存した榊さんへのメールを読み返し、送る前でよかったと思った。二話目、三話目についての話はともかく、自分も事故に遭いかけたから標的になっているかもしれないというのはどう考えても自意識過剰だ。

そう考えてみれば、榊さんが聞いたという「岸根さんが小花柄のチュニックを着たおばさんと会っていた」という話も、今回の件とは無関係の偶然のような気がしてきた。そうだ、小花柄のチュニックを着たおばさんくらい、どこにでもいるはずだ。たまたまこのタイミングでそんな情報が出てきたから身構えてしまっただけで、きっとそれ以上の意味などないのだ。

やがて、榊さんと連絡が取れないまま〆切として伝えていた二月中旬が過ぎ、私はひとまず単行本担当の藤本《ふじもと》さんに原稿を送ることにした。メールを送信した後、一応話しておいた方がいいかと思い直して電話をかけ、榊さんから五話目と一話目が繋がっているのではないかと言われたこと、榊さんと現在連絡が取れていないので原稿チェックが済んでいないことを話す。

するると藤本さんは、『絶対その話も最後に書き加えた方が面白いです』と言った。

『実は、今回の五話はどれも一篇一篇の密度は濃いですけど、一つの作品としてのまとまりは弱いかなと思っていたんです。そういう形でまとまるのなら本としての力も増します』

そう言われてみれば、そんな気もする。入稿は月末までなら何とか待てるから、と言うので電話を切り、最終話を書き下ろすことにした。
二、三、四話については触れず、ひとまず榊さんから電話がかかってきて五話目との繋がりについて話されたことだけを書いて〈その後、榊さんとは連絡がついていない〉と締める。とはいえゲラチェックの段階になっても榊さんと連絡がつかないということはないだろうし、ラストは書き換えることになるのだろうなと思いながら送付した。
だが、ここまでお読みいただいた方にはおわかりの通り、私は結局二、三、四話目についても書き加えた。

この最終話は、再校ゲラを戻す際にすべて差し替えさせてもらったものである。なぜ差し替えたのかというと、この原稿を入稿した後、初校ゲラが届いた頃にある出来事があったからだ。

その日私は、夜中の三時に起き出してきて仕事をしていた。九時に子どもを寝かしつけながら就寝して三時から仕事をするというのはいつも通りのスタイルなのだが、前日がほぼ徹夜だったこともあり、さすがに頭がぼんやりしている。ゲラチェックを始めたものの、どうしても目が滑るのでとりあえず濃い目のコーヒーを入れようと食器棚からお気に入りのマグカップを出し、お湯を沸かし始めた瞬間だった。

あはははははははははははは！

突然、背後で声がした。

私は咄嗟《とっさ》に身を縮めながら振り返る。

だが、そこには何の変哲もない食器棚があるだけだった。当然、人などいるはずもない。

私は思わず両手で耳を押さえたが、既に声は聞こえなくなっていた。何だろう、今のは。まるで怒鳴り声のような——そう思ったとき、カウンターキッチン越しに、ダイニングテーブルに置かれたゲラが視界に入る。

二話目の「お祓いを頼む女」で、結局最後までよくわからないままだった、トシフミくんが聞いたという「へん」な声。変だった？　と問い返した君子さんに、トシフミくんは考え込むような間を置いてからこう続けていた。

『だって、耳の近くでどなられてるみたいだったから』

私は、全身の肌が粟立《あわだ》っていくのを感じた。

——どうして、私に。

寝ぼけていたのかもしれない、と思おうとする。そうだ、わからないままだったことを気にしていたから、幻聴を聞いただけだ——本当に？

脳裏には、数カ月前に横断歩道で見た運転手の姿が蘇っていた。自ら信号を無視してきたのに、驚いたように勢いよく斜め後ろを振り向いていた姿。

私はそれを、信号を見ようとしたのだと思っていた。自分がたった今通り過ぎてしまった信号を確認しようとしているのだと——だが、考えてみれば、車内で振り向いたところで、行き過ぎたばかりの信号が見えるはずがない。

だとすれば、あの運転手たちは、一体何を見ようとしていたのか。

——やはり、この本は出すべきではないのかもしれない。

そう思わずにはいられなかった。私はあの占い師と会ったわけではない。それにもかかわらず、近づいてきてしまっている。

もうこれ以上はこの件と関わりたくなかった。すべてなかったことにして逃げ出してしまいたかった。

だが、それでも、もう出すのはやめよう、と思いきれないのは——私が、既にこれらの話を雑誌に掲載してしまっているからだ。さらにはそこで、何か思い当たることがあれば教えてほしいと呼びかけてしまっているからだ。

どのくらいの人が読んだのかはわからない。けれど、私はその人たちに、こう伝える義務があるのではないか。

この占い師を、決して捜さないでください。

もし、もう思い当たる人物がいたとしたら、あるいは、これから彼女に会うような

ことがあったとしたら、決して彼女を疑わないでください。

書きながら、私は自分でもどうすればいいのかわからなくなっている。怒らせないようにする、というのは、ある程度気をつけることで可能かもしれない。だが、疑わないようにするというのは、果たして自分の意思でどうにかなることなのだろうか。

さらに私は、ここまで書いて、自分が同じようなことをこの本の中で書いたことがあるのを思い出した。

――一度でも浮かんでしまった疑念は、もはや本人にも完全に消し去ることはできない。

身に覚えのない目撃談のせいで、妻から疑われるようになってしまった崇史さん。彼は妻から、こんな言葉をかけられていた。

『火のないところに煙は立たないっていうじゃない』

けれど、彼の場合、本当にその時点では火などどこにもなかったのだ。それにもかかわらず、煙の方が先に漂ってきた。

そして私は、もう一点、このゲラのチェック中に引っかかったことがある。

きっかけは、編集者の藤本さんからの指摘だった。

一話目で最初に占い師について語られた箇所――早樹子の『髪型もよくおばさんがやってるパーマっていうか……ソバージュっていうのかな？　そういう感じなんだけど』という言葉に、『ソバージュはやや時代感が……別の表現に？』という指摘が書き込まれていたのだ。

私としては、早樹子の言葉を変えてしまうことに少し抵抗があったものの、文意に違いがないのなら、読者にとって馴染《なじ》みやすい表現に変えた方がいいのかもしれないとも考えた。

試しに別の表現を考えてみようと、細かなパーマ、三つ編みをほどいたようなパーマ、と書き出したところで、息を呑《の》む。

飛びつくようにしてゲラをめくり、四話目の静子さんが悪夢について語った箇所を見つけた。

静子さんは、もはや聞き取りたくなかった。姿も見たくない。何も知りたくない。これ以上怖いことなんて起こらないでほしい。両目を閉じて耳を塞《ふさ》ぎ、頭を振った。

細かなパーマのかかった長い髪が頰に貼《は》りつく。

私は、愕然《がくぜん》と目を見開く。

――なぜ、気づかなかったのだろう。

話を聞き、それを文章にしたのは、私自身だったはずなのに。

静子さんと智世さんに起こった怪異が買い手の娘さんには起こらなかった理由について榊さんと話していたとき、私たちはまず外見が要因なのではないかと考えたが、すぐに静子さんと智世さんが顔立ちも背丈も髪型も違う以上はありえないだろうと、可能性を排除してしまっていた。

だが、少なくとも髪型に関しては、静子さんが怪異に遭っていた時点では二人はよく似ていたのだ。

静子さんは、細かなパーマがかかった長い髪。智世さんは前髪を合わせたすべての髪を細めの三つ編みでまとめて頭の上でお団子にしていた――そして三つ編みは、ほどけば細かなパーマがかかったような髪型になる。

さらに、その静子さんと智世さんの髪型が占い師と似ていて、あの四話目の怪異が静子さんと智世さんを害するものだったということ。

だとすれば、こう考えることはできないだろうか。

あの怪異は、占い師によるものではなく、占い師へ向けられたものだった。悪夢の中の女性は占い師を恨んでいて、静子さんや智世さんは占い師と間違われて攻撃されることになったのだ、と。

　そう考えてみると、静子さんの『夢の中の部屋で見た御札――あの中に、その後私が近所の神社や霊能者のところを回ってもらった御札があった気がする』という言葉を、「だから静子さんや智世さんの家の未来の光景なのだ」と解釈するのは誤りだったように思われてくる。

　むしろ、話はもっと単純だったのではないか。

あの家は悪夢の中の女性の住処《すみか》で、女性は何か別のことに困って、後に静子さんがするのと同じように近所の神社や霊能者のところを回っていた。しかし状況は良くならず、最終的に命を落とした。そして、助けを求めたにもかかわらず、助けてくれなかった占い師のことを恨むようになった。――いや、あるいは状況が良くならなかったことで占い師を疑うようになり、罰を受けて亡くなったのだろうか。旅先で火事に遭った平田さんのように。

　何にせよ、一つたしかなのは、これで五話すべてを繋ぐ線が見えてきてしまったということだ。

無論、ただ線が見えてきただけだ、と考えることもできるだろう。私と榊さんの考えすぎで、すべてが繋がってしまっているように見えるのは本当に単なる偶然だという可能性もある。

結局のところ、怪異というものが超常的な事象である以上、いくらそこに論理的説明をつけたとしてもそれは机上の空論に過ぎず、どこまで行っても明確な答えが示されることなどないのだから。

しかし、だからこそ私は、すべてただの偶然だったのだと思い込むこともできない。そう思い込めたら少しは気持ちが楽になるはずだとわかるのに、それでも一度白い紙の上に垂らされた小さな染みを完全に消し去ることはできないのだ。

それは——疑ってはならない、と言われても、完全に疑いを心の中から消し去れないのと同じように。

それでも私は、榊さんがすべてを笑い飛ばして否定してくれるのを待っている。

だが、二〇一八年五月現在、いまだ榊さんとは、連絡がついていない。

書評（「波」二〇一八年七月号より）

浮かび上がる異様さと恐怖

榊　桔平

オカルトライターだと名乗ると、大抵の人は、へえ、オカルト、と戸惑い交じりに繰り返す。その後の反応は「それってお化けとか都市伝説とか？」と続けたり、「ライターさんなんですね、私文章を書くの苦手なんで尊敬します」とオカルトの部分は聞かなかったことにしたり、と様々だが、ほとんどの人に共通して見られるのは「胡《う》散《さん》臭い」という感情と「でもそれを言ったらこの人に悪い」という気遣いだ。

だが、そんな気遣いは無用である。私自身、この仕事については昔も今も胡散臭いと思っているのだから。そして、私にとって胡散臭いとは褒め言葉でしかない。嘘《うそ》か真《まこと》かわからない事象の、何と魅力的なことか。

ただ、長いことこの仕事をしていると、時に本物だとしか思えない事象に出合うこともある。たとえば、本作第一話で登場した「ポスターの奇妙な染《し》み」のように。

第一話「染み」は、著者の芦沢央《あしざわよう》自身が大学時代の友人を介して聞いた怪異について書かれた話だ。相談者の女性の口から語られるのは、恋人との別れ話がもつれ、「別れるなら死ぬ」と言われて関係を続けざるを得なくなったというエピソード。親しかったはずの人間が突然豹変《ひょうへん》して意思が疎通《そつう》できなくなる恐怖も読ませるが、やはり何よりの肝はその彼の死後に起こるようになった不可解な現象だろう。

詳細については本文を読まれたいが、私は芦沢からこの件を相談されたとき、思わず身を乗り出していた。こういう「当たり」を引き寄せられるかどうかというのは運だ。

そして、芦沢が「もっている」ことはこれ以降の話でも証明されていく。三話目は私が芦沢に話したことだから置いておくとしても、一話目を読んだ人が二話目を持ち込み、三話目の校閲担当者が四話目を持ち込み、四話目に登場する不動産屋繋《つな》がりで五話目が持ち込まれる、という形で次々に怪異にまつわる話が集まっていったのだ。

〝事象（編集部注：原文ママ。自称のことか）霊感少女〟が、突っ込みどころ満載の祟《たた》りについて語る「お祓《はら》いを頼む女」。虚言癖の隣人のせいで妻からありもしない浮気を疑われて追い詰められていく男を描いた「妄言」。なぜか代々の嫁だけが火事で焼け死ぬ夢を見る家で起こった悲劇「助けてって言ったのに」。お祓いをしてもらったがために霊障が激化していく、というある意味オーソドックスな怪談から胸を打つ真相が立ち上ってくる「誰かの怪異」。

特に最終話（編集部注：原文ママ。最終稿では全六話構成となりましたが、この書評原稿の段階では全五話構成だったため、これは第五話を意味します）は怪談やホラー小説を怖がりながら好んで読んできた人間ほど衝撃を受けるのではないか。怪談というものが伝統的に語り継がれてきた意味にも踏み込んでいく傑作だ。

これらはすべて異なる経緯で持ち込まれた話だが、全話に共通するのは謎解《なぞと》きの要素を中核においたミステリでもあるということだ。どの話もことさら恐怖を演出したり不可解な結論に持ち込もうとしたりすることがなく、むしろ何とかして論理で読み解こうと挑んでいる。だからこそ、その先に浮かび上がってくる異様さと恐怖は説得力を持つのだ。

もちろん、本作を信じるか疑うかは、あくまでもあなた次第である。とは言え、長年こうした話を集めてきた私からすれば、ここまで次々と怪異譚《たん》が引き寄せられてくること自体が異様に感じられるのだが……。

（さかき・きっぺい　オカルトライター）

＊

この原稿は二〇一八年二月二十日に榊桔平氏から寄稿されたものですが、翌々日の二十二日、榊氏から追加取材をして原稿を差し替えたいという連絡を受けました。しかし、約束の期日を過ぎても原稿は届かず、六月十五日現在、依然として榊氏とは連絡が取れずにいます。榊氏のＳＮＳも二月末日の〈当たりだ。本物だった〉という投稿を最後に更新されていません。著者校正も未了ですが、作品の魅力を的確に伝えている原稿を埋もれさせてしまうのは惜しく、注を入れた上で掲載させていただくことにしました。なお、榊氏と連絡が取れなくなった経緯は、本作の最終話として書き加えた上、刊行いたします。

（編集部）

解説

千街晶之

怪談の原型は、恐らく人類が死というものを意識したのと同時期に誕生したのではないだろうか。誰だって死は怖いし、死後の世界があるかどうかわからないことも怖い。だから人間は心の平安を得るために宗教を創造し、恐怖に親しんで克服するために怪談を生んだのではないか。

だが同時に、人間は恐怖の対象を封じ込めて安心していることに満足できず、わざわざ覗《のぞ》き込んで確認しないと気が済まない生き物でもある。境界があれば侵犯したくなり、禁忌があれば破りたくなる、それが人間の因果な性分だ。

その意味で、本当に怖く、本当に魅惑的な怪談とは、フィクションの世界から浸蝕《しんしょく》してきて、読者がいる現実を揺るがすタイプの話なのではないか。そんな怪談を読みたい人にお薦めなのが、芦沢央《あしざわよう》の『火のないところに煙は』（二〇一八年六月、新潮社刊）である。

著者は二〇一二年、『罪の余白』で第三回野性時代フロンティア文学賞を受賞して作家デビューし、ミステリを中心に活躍している。特に、『許されようとは思いません』（二〇一六年）、『汚れた手をそこで拭《ふ》かない』（二〇二〇年）といった短篇集はいずれも粒揃《つぶぞろ》いだ。第三十二回山本周五郎賞および二〇一九年本屋大賞の候補となった本書も著者を代表する短篇集だが、人間心理の怖さを扱うことが多かったそれまでの作風とは異なる怪談小説、しかも著者自ら「私」として語り手を務めている点が目を引く。

二〇一〇年代は、著者本人（を明らかに想起させる人物）が作中に登場するタイプの、フェイク・ドキュメンタリー型の怪談小説の収穫が多かった時期である。綾辻行人《あやつじゆきと》の「深泥丘《みどろがおか》」シリーズの第一作『深泥丘奇談』（二〇〇八年）はやや早くその傾向に先駆けているし、二〇一〇年代に入ると、小野不由美の『残穢《ざんえ》』（二〇一二年）、三津田信三の『のぞきめ』（二〇一二年）や『どこの家にも怖いものはいる』（二〇一四年）などの一連の作品群、澤村伊智《さわむらいち》の『恐怖小説キリカ』（二〇一七年）、京極夏彦の『虚談』（二〇一八年）などが陸続と発表された。そして、『火のないところに煙は』こそ、二〇一〇年代のこの傾向の掉尾《とうび》を締めくくるに相応《ふさわ》しい傑作なのである。

この傾向の背景には、一九九〇年代に興《おこ》った怪談実話ブームが存在している。言うまでもなく怪談実話は、「実話」であることを前提として読者に恐怖を与える文芸のスタイルだが、フィクションであることが前提となっている小説の世界と完全に隔絶しているわけではない。むしろ、怪談の世界における実話と小説は相互に影響を与え合っているのであり、本書をはじめ、先に紹介した著者自身が登場する怪談小説群もその影響関係から派生したものなのである。

　本書は六つのエピソードから成っているが、最終話を除く五篇は《小説新潮》に不定期に掲載されたものである。実はこの連作、掲載誌のデータが重要なので、ここで各篇の初出を紹介しておく。

「染《し》み」《小説新潮》二〇一六年八月号
「お祓《はら》いを頼む女」《小説新潮》二〇一七年二月号
「妄言」《小説新潮》二〇一七年八月号（雑誌掲載時のタイトルは「火のないところに煙は」）
「助けてって言ったのに」《小説新潮》二〇一八年一月号
「誰かの怪異」《小説新潮》二〇一八年二月号
「禁忌」書き下ろし

第一話「染み」は、「『小説新潮』から短篇小説の依頼を受けたのは、二〇一六年五月二十六日、『許されようとは思いません』という本の再校ゲラを戻し終えたまさにその日だった」という文章で始まる。作中の「私」は、編集部から神楽坂《かぐらざか》を舞台にした怪談を依頼されるのだが、実際にこの作品が掲載された《小説新潮》二〇一六年八月号も「神楽坂怪談」特集だった。神楽坂とは東京都新宿区の牛込地域南西部に位置する坂で（坂の周辺の地名でもある）、本書の版元である新潮社の最寄り駅は東京メトロ東西線の神楽坂駅だ。怪談実話めかして虚実の境界を曖昧《あいまい》化する仕掛けは、この冒頭から既に始まっている。なお、《小説新潮》は夏になると怪談特集を組むのが恒例になっており、第三話「妄言」も夏の怪談特集に掲載されたし、第五話「誰かの怪異」は夏ではなく冬の二月号掲載だが、特集は「怪奇と幻想の宴《うたげ》」だった。

さて、「私」はその執筆依頼から、八年前、友人の瀬戸早樹子《さきこ》を介して角田尚子《つのだなおこ》という女性から相談を受けたことを思い出す。尚子は恋人とともに、当たると評判の占い師「神楽坂の母」のもとを訪れて結婚に関する相談をしたが、占い師の託宣は「不幸になる」というものだった。その言葉に逆上した恋人は性格が変わったようになり、尚子の気持ちは冷めてゆく。やがて、二人の関係は衝撃的なかたちで終わりを迎えるが、本当の恐怖はその先に待っていた……。

この第一話の時点で、連作のフォーマットは既に完成している。日常的なトラブル（第一話の場合は恋愛の破綻《はたん》）、そこから不意に発生する悲惨な事件、浮上する恐ろしい怪異の存在、そして意外な結末と不気味な余韻……という構成は、第二話以降も引き継がれる。

ところで、この「染み」という短篇は、《小説新潮》掲載時と比較すると大幅に改稿されている。中でも、作中の「瀬戸早樹子」「角田尚子さん」といった人名が、もともとは「S」「Tさん」といったイニシャル表記だったことが目につく。これは第二話の「お祓いを頼む女」も同様で、第三話から人名が固有名詞で記されるようになる。当初イニシャル表記にしたのは、木原浩勝《ひろかつ》・中山市朗の『新耳袋』（一九九八～二〇〇五年。原型の『新・耳・袋　あなたの隣の怖い話』は一九九〇年）などの怪談実話によく見られるスタイルを意識したのかも知れない。それが固有名詞表記に変わった理由は不明だが、連作の執筆を続けるあいだ、著者の中で試行錯誤が繰り返されていたことが想像される。

その後、この連作は、家族が祟《たた》られているので何とかしてほしいという主婦からの執拗《しつよう》な訴えにフリーライターが悩まされる第二話「お祓いを頼む女」、新居に越してきた夫婦が隣人トラブルに巻き込まれる第三話「妄言」、義母と嫁の二代に亘《わた》って同じ悪夢を見る第四話「助けてって言ったのに」、怪奇現象が相次ぐアパートが舞台の第五話「誰かの怪異」……と続く。それらの怪異譚《たん》が「私」のもとに舞い込んできた経緯はさまざまだが、どの話でもオカルトライターの榊桔平《さかききっぺい》という人物が「私」の相談に応じ、怪異に何らかの解釈を施す役回りを演じる。その意味で、榊はこの連作における探偵役だとも言える（なお、雑誌掲載時は「お祓いを頼む女」の書き出しは「知人の榊さんから聞いた話である」、「妄言」の書き出しは「オカルトライターの榊さんから、こんな話を聞いた」となっており、いずれも単行本版の書き出しとは異なる。ここは、すべて別々の流れで「私」のもとに持ち込まれた話ということにしたほうが、最終話の趣向が効果的になると著者が考えたからと想像される）。

注目すべきは、「助けてって言ったのに」において、怪談とミステリの関係についての「私」の見解が披露されるくだりだ。ここは、著者が本書を怪談であると同時にミステリとしても意識して執筆していることを窺《うかが》わせる。

怪談やホラーとミステリとを融合させた作例は、ジョン・ディクスン・カーの『火刑法廷』（一九三七年）などを代表として数多いけれども、それらの大部分は、人間の仕業として辻褄《つじつま》が合ったかに見える解決に、実は幽霊などの超自然的な存在が介在していたことが判明する――という趣向で戦慄《せんりつ》を演出している。

しかし本書は、怪異が介在すること自体は第一話の時点で判明している。そして各篇に伏線を細かく張りめぐらせ、それを最終話で収束させる技巧は怪談というよりミステリのものなのだが、その伏線回収から合理的解釈による安心感が訪れるのではなく、逆に各篇の怖さが倍増する仕組みとなっているのだ。それによって、作中の怪異はいつの間にか包囲網と化して「私」自身を雁字搦《がんじがら》めにし、更に本書を「読む」という行為を通して読者の側にも浸蝕してくる。フェイク・ドキュメンタリー怪談の醍醐味《だいごみ》がここにある。

ただし、本書で描かれる怪異はただ怖いだけではなく、何らかのやるせなさをも伴っている。それは、登場人物の殆《ほと》どが悪意ではなく自分なりの善意に基づいて行動したにもかかわらず、最悪の結果を生みだしてしまうからだろう。著者が今までにミステリで培《つちか》ってきた人間描写の掘り下げは、怪談においても存分に活《い》かされている。

それにしても、《小説新潮》の「神楽坂怪談」特集に合わせた第一話の内容といい、虚実の境界線を攪乱《かくらん》しようとする著者の企《たくら》みは巧緻《こうち》を極める。第五話に出てくる著者のツイートにしても実際に存在するものだ（著者のTwitterアカウントの二〇一七年九月二十七日のツイートを参照）。こうした用意周到な仕込みが、物語の内容自体の恐ろしさを見事に補強しているのである。

なお、本書刊行と同時期、新潮社のPR誌《波》の二〇一八年七月号に、作中人物の榊桔平名義で「浮かび上がる異様さと恐怖」というタイトルの書評が掲載された。今回の文庫版には、この書評も併録されている。これもまた虚実混淆《こんこう》の仕掛けの一環だが、著者と版元が一体となって趣向を凝らしているあたり、まさにフェイク・ドキュメンタリー怪談の到達点と言えるのではないか。

（二〇二一年四月、ミステリ評論家）

この作品は二〇一八年六月新潮社より刊行された。
文庫化に際して「波」二〇一八年七月号掲載の書評を再録した。

火《ひ》のないところに煙《けむり》は

新潮文庫　あ－97－2

令和三年七月一日発行

著者　芦《あし》沢《ざわ》央《よう》

発行者　佐藤隆信

発行所　株式会社新潮社

郵便番号　一六二―八七一一
東京都新宿区矢来町七一
電話　編集部(〇三)三二六六―五四四〇
　　　読者係(〇三)三二六六―五一一一
https://www.shinchosha.co.jp

価格はカバーに表示してあります。

乱丁・落丁本は、ご面倒ですが小社読者係宛ご送付ください。送料小社負担にてお取替えいたします。

印刷・株式会社光邦　製本・株式会社大進堂

ISBN978-4-10-101432-6 C0193